校长问真

张义宝 著

辽宁人民出版社

© 张义宝　2024

图书在版编目（CIP）数据

校长问真 / 张义宝著 . -- 沈阳：辽宁人民出版社，
2024. 9. --（校长说）. -- ISBN 978-7-205-11311-7

Ⅰ. I267

中国国家版本馆 CIP 数据核字第 20243TQ775 号

出版发行：辽宁人民出版社
　　　　　地址：沈阳市和平区十一纬路 25 号　邮编：110003
　　　　　电话：024-23284325（发行部）　 024-23284300（发行部）
　　　　　http：//www.lnpph.com.cn
印　　　刷：沈阳海世达印务有限公司
幅面尺寸：170mm×240mm
印　　张：11.25
字　　数：200 千字
出版时间：2024 年 9 月第 1 版
印刷时间：2024 年 9 月第 1 次印刷
责任编辑：张天恒　王晓筱
装帧设计：识途文化
责任校对：吴艳杰
书　　号：ISBN 978-7-205-11311-7

定　　价：68.00 元

目 录
Contents

◎**千里之行，
始于足下**

千里之行，始于足下

争做小主人："双减"时代最聪明的选择

——2021学年度第一学期开学典礼上的"校长开学第一课"
（2021年9月）

"人唯有靠自己才能真正成为强者。"刚才九年级学生代表王梦桐同学的讲话让我十分感动。短短一个假期的时间，她从1公里都跑不下来，到3公里轻松跑下来，这靠的是什么呢？靠的是她对自己的坚持和要求，老师家长不过是她的鼓励者、引领者，奇迹的发生完全因为她自己的选择、自己的刻苦、自己的坚守！刚才一年级学生代表、第一天上学的任洁同学完全脱稿进行发言，表达了她的学习她自主，她的生活她自主，她的爱好她自主。七年级的4名学生代表讲话立意高远，朴实无华，全部脱稿，但却透露出他们对习惯、规划、目标、人生、未来全都有着自己的设计、自己的想法，并在努力去完成的路上。这些都为本次开学典礼的主题"做学习的小主人、做创新的小主人、做管理的小主人"作了最好的诠释。今天在这里，我有三句话想对大家说。

一、做学习的小主人

（一）学习是人类生命的好基因

人类与别的生物相比，最优势的地方就在于善于学习。这个基因存在于每一个人的生命之中，我们不要隐藏，要尽情地挖掘出来，创造出各种奇迹。

（二）学习是与生俱来的好潜能

学习还是儿童、少年的好潜能，是一个伟大的潜能，能够带给我们源源不断的动力、蓬勃向上的能量，助力我们达成许许多多伟大的成就。

（三）学习是茁壮成长的好习惯

你的成长是生命的拔节，会遇到阵痛，营养要均衡，一样不能少，全面发展、五育并举需要你们把学习作为终身的好习惯，有了这个好的习惯，就更容易养成好性格，获得更好的未来、更好的命运！

二、做创新的小主人

（一）创新是什么

1. 创新是儿童、少年的天性。探索未知世界是你们的本能，这是上天赐予所有人的礼物。大家要把上天送给你们的"好奇心、想象力、青春期能量"这样的"大礼物""好礼物"发现珍惜，善待用好！

2. 创新是国家民族的需要。在当今这个5G、人工智能、互联网时代，世界需要的是创新型人才，国家民族更加需要！今年是建党100周年，中国人实现了第一个百年奋斗目标，但是中国人的脚步并不能停歇，为了实现第二个百年奋斗目标，建设更加繁荣富强的国家，中国要走向世界舞台正中央，实现中华民族伟大复兴，需要每一个同学都成为创新型人才。相信自己生命的潜能和伟大天性，自信"人人都是拔尖者！个个都是创新人"！要争做大家想不到的，成别人成不了的创新之事，在未来带领祖国奔跑得更快，走在世界的最前头！

（二）创新是人生三问的大回报

我们经常进行"我是谁？我去哪儿？怎么去？"的人生三问，还会进行"为什么？是什么？怎么办？"的探究三问，有了三问，就能成就创新之人。知道了祖国民族的需要，要怎么去做才能成为创新人才呢？我经常说，面向未来，好学生的标准应该是这样的：敢问想问的学生是好学生！善问会问的学生是最好的！自问自解的学生是最可贵的！从身边的点滴小事做起，养成思考的好习惯；生活中、学习中要多问善问，养成提问的好习惯；更重要的是通过自主的学习、自主的探索、自主的积累，自己解决问题。做到这些就为未来成为创新人才打下了坚实的基础，更是让自己为眼前的新中考、新高考作充分的准备！

三、做管理的小主人

管理是一件相当了不起的事情，想要成为管理的小主人，要做到"三贵"。

（一）贵在自知之明——目标管理我做主

一个人能有自己的规划的前提，就是对自己有充分的认识，有自知之明。明白自己现在的状态，明白自己的优势和劣势，明白自己未来的道路，并以此来明确自己的短期目标和长远理想，才能最终成就自己的未来。进入新学期、新校园，同学们要进一步明确自己的具体目标，以此规划学习生活，方是明智之举！

（二）贵在自始至终——时间管理我做主

刚才王梦桐同学暑假体育短板的成功逆袭正说明了这一点。唯有坚持下去，自始至终地去做一件事情，才能达成目标。而除了坚持之外，这里面还表现出了一种对自己时间的掌控管理，唯有能做自己时间主人的人，才能成为真正的成功者。"双减"为同学们赢得了更多可以利用的时间，希望大家能够好好利用这些时间，真正成为自己时间的小主人，学习自己喜欢的事情，强化自己擅长的事情，尝试自己没接触过的事情，在学习的广阔海洋中享受更多自主的快乐。

（三）贵在自强不息——生活管理我做主

自己的事情自己做，自己的学习自己钻，自己的兴趣自己学，自己的锻炼自己坚持，不靠家长，不靠老师，自己的生活自己管理，自强不息向未来！要学会做家务、整理自己的房间、积极参加社会公益活动和志愿者实践，在日常生活中成就德行成长和全面发展，在坚持不懈中成就德智体美劳的和谐进步！

英雄不问出处，自古英雄出少年。毛泽东、邓小平、习近平等伟大人物和袁隆平、钟南山等杰出科学家都是从小胸怀报国之志，一生自强不息的人！"双减"时代，更要像他们那样，敢于自主好问，努力争取做学习的小主人、创新的小主人、管理的小主人，将来才能成为国家、民族、家庭和社会的栋梁之材！热切期待新学期全校同学都作出这样的最聪明、最明智、最坚决的选择，从小自己做自己的主人，相信所有的同学都能走上阳光大道，走出一片艳阳天！

强校有我：一起向未来

——2021学年度第二学期开学典礼上的"校长开学第一课"
（2022年3月）

在我心中开学典礼是一门课程，是开学的第一节课。今天，有6名同学展示了自己今年寒假的自主生活和学习的故事，说出了自己自主、独特、有效、精彩的想法和做法，还有很多学生代表展示了自己的优秀作业成品，这都是学校开学第一课的内容。既然是课，希望大家都要在现场认真看、认真听、认真问，回去以后认真悟、认真学、认真做。我今天讲话的题目是《强校有我：一起向未来》，我要从三个方面给大家分享。

一、尚德行，厚德载物

（一）冬奥之魂——爱国

今年的寒假格外与众不同，北京举行了冬奥会，成为历史上第一个双奥之城。当今，中华民族进入了百年大变局当中，成功举办的北京冬奥会将是一个历史标志——中国无可争辩地强起来了，是中国走近世界舞台中央的盛装舞步。冬奥更是一个展示，展示的是有国际视野的爱国主义，展示的是能够承载五千年中国大道文化的爱国主义，更展示着当代中国人、当代青少年，尤其是这次冬奥会志愿者们的大气、自信、热情与青春，展示着中国少年强、中国青年强、中国人强的爱国形象。

（二）强国在我——跨域

2022年2月4日第二十四届冬奥会，恰逢立春节气，将最盛大庄严的庆典与所有的百姓相联系，正体现了中国共产党的执政理念——人民至上。今年中国首次打造了以低碳绿色环保为核心原则的微火火炬，这既体现了中国传统文化中"精微致广大"的理念，又体现了中国现代科技的迅猛发展，更表达了中国人对环保的重视。我想在这里分享表达对冬奥的灵魂追问与强国跨越发展的强烈意志和坚定自信，就让我们一起重温和再现这届冬奥中我国金牌获得者的精彩瞬间，也让我们再次记忆这9枚金牌获得者为国争光，在冬奥赛场上展示跨越自我的精神。他们是：范可新、曲春雨、张雨婷、武大靖、谷爱凌、高亭宇、徐梦桃、苏翊鸣、齐广璞、隋文静和韩聪。冬奥9块金牌是如何实现跨越的呢？第一就是团队精神，第二是爱国精神，第三是卓越精神。

二、崇自主，自强不息

（一）冬奥之美——文化

冬奥给大家的感觉是美妙绝伦，不管是开幕式上十二生肖与二十四节气精准倒数，还是闭幕式上"折柳相送"的中国式浪漫的诗韵优雅，都是那么美。美就美在中华优秀传统文化，这是中国人坚定不移的文化自信！这是中华民族自强不息的精神源泉，也是冬奥给中国带来的光辉荣耀，让世界重温中华文化的博大精深和精美灿烂！

（二）强校在我——超越

一直以来，我特别倡导阅读写作，积极开展国学经典教育，期待同学们在学校"读经典、背经典、用经典"。我多次倡导同学们要善于写作，争当"校园小作家"，这样小小少年将来可以当"未来的大作家""未来的文理大家"。大家都是润丰新十年的好少年，润丰未来的发展将是行稳致高，远景更美好。今年的目标明确为"高标冲尖：在'行稳致高'中矢志不渝"。全体师生一起自强不息，不断自我超越，不管是现在的九年级，还是六年级，其他各年级各层级的成果展示，你们都要有新的进步、新的高度、新的品质，期待你们把握新的机遇，相信一学期后的你们都将非同凡响！

三、贵问学，强校有我

（一）冬奥之行——创新

这个寒假，很多同学都进行了冬奥项目的实践。我最感慨的是这次冬奥会不仅展现了中国的传统文化精髓，更展现了中国的现代科技。科技是当今世界发展的重要因素，只有拥有最先进的科技创新，才能真正一起走向未来。科技如何才能最先进？靠的是创新！创新从哪里来？靠的是问题！问题是创新之源泉，问题是创意之活水，但是这个问题不是老师问的，而是学生自己提的。同学们要想问、敢问、善问、会问，自问自解、再问优解！学校一直在做"问学"，就是要同学们学会提问，才能成就提问的学问。同学们，你们肩负国家的使命，你们肩负学校的使命，你们更肩负家长和自己的期望，今天分享的6位同学的故事聚焦为一句话——做自己的小主人，唯有真正成为自己的小主人，在管理、创新、生活、学习上都自主自强，你才能真正成为未来世界的佼佼者，达成所有肩负的使命。

（二）强家在我——作业

润丰学校的所有同学，你们都是自己家庭的希望、家庭的未来，要知道一个强盛的国家是由千千万万个强盛的家庭组成的，这是国家的根基。如何才能真正成为家庭未来的支柱？当今最重要的除了好好问学、好好学习，更重要的还要好好"作业"。当前正处于"双减"之中，如何才能真正减负不减质呢？作业是最好的抓手。关于"作业"，要有不同于过去的传统认识与狭隘理解。"双减"时代，作业定位、内涵和形式都要不同于过去，要重新"赋能作业"。在这里，我建议和倡导同学们一定要有这样的意识：喜爱作业，让作业成为激发自己自主学习的兴趣；重视作业，让作业为自己赋能，成为提升自己学业水平的源泉；高效作业，让作业增值变现，成为投资自己成长发展的银行。你要不断地观察自己的能力点，找到自己个性化的思维点，不断挖掘个人的潜能点，达成自己天赋的释放点。

除此之外，一定要重视"实践类作业"，特别是实践类作业之中的"体育作业"，要把锻炼身体作为自己的生活常态，在所有的日子，尤其是节假日、休息日的时候，把体育锻炼作为自己每天都要进行的一门课程，好的身体是一切成功的基础！

今天早晨大家进门的时候看到学校大校门上的迎宾迎新语，这也是送给全校同学老师的祝愿词。"虎气虎风虎劲"，这是习近平总书记新春讲话中期望的积极精神状态；"更快更高更强"，这既是奥运的精神，更是学校新学期的高标冲尖的勇气志气。"虎虎生威，强校有我"，代表润丰人天下一家的胸怀和情怀。现在是2022年的上半年，是新一年的开始，也是学年度的第二学期，因此全体润丰人要像冬奥会闭幕式的神奇的"中国结·雪花微火炬"精美景观那样："丝丝相扣"更团结，"共建美好"虎神威！

少年成长　青春在场：让自主问学成为远航的风帆

——在2022届九年级毕业典礼上的讲话
（2022年7月）

今天，2022届九年级毕业典礼如约进行，我反复思考了很久该如何为今天的毕业典礼致辞，这是我为大家进行的所有讲话中最为纠结的一次，各种词汇蜂拥而至，各种感觉交织纠缠。我想到了九年级同学们共同经过的三年，想到了你们与我相聚的两年。这些回忆令人动容，也让我确定了毕业典礼讲话的主题，那就是"少年成长　青春在场：让自主问学成为远航的风帆"。此时此刻，我有三句话想与大家分享。

一、自主是人生的启航，这是中学的模样

今天，很多同学都有这样的感觉，就是中学的毕业典礼，和幼儿园的毕业典礼，和小学六年级的毕业典礼是大不一样的。因为进入中学之后，你们的人生才开始真正进入"自我"状态，这时候才是你人生自我觉醒的开始。心理学研究表明，儿童在6岁之前是很难记住那时候的自己到底是什么样子的，那个世界到底是什么状态的。从6岁到10岁左右，是快乐的小学时代，这是能够记忆回想的时代，但还是没有觉醒"自我"。只有到五六年级，你眼中的自己和心中的自己才是真正"自我"的觉醒认知。也就是说，一到五年级甚至六年级，那个"我"并非真正的"我"，而是同伴的"他我"，你还没有真正地认识自我，但是从初一开始，或者说在小学毕业和初中交接的时候，你就进入了少年成长的一个重要的青春期，其标志就是你们开始有了真正的"自我"，与过去的"他我"合二为一了。

进入中学之后，人生才真正进入自我成长的思考之中，所以我用"启航"来定位。少年成长的标志就是开始有了真正对自己人生的深入思考，其重要标志就是你们开始有了对人生的长远考量。两年前我刚到润丰学校担任校长，讲话的主

题就是"目标"，最初与大家见面的时候，我就大家的未来谈了目标，谈了规划，引导同学们思考人生规划，思考并理清"保底高中、理想高中、梦想高中"具体化的"三个高中"到底是哪一个。因为那时候我就清晰地知道你们马上将要面对自己人生真正意义上的第一次大考——中考，这就是"启航"的意义，这就是"中学"的模样。"中学"的模样写的第一个大字就是"自主"。今天的典礼，我看到了很多对未来有规划的同学、为自己"做主"的同学，我感到非常高兴、非常欣慰。

这次的毕业典礼，我和校领导以及九年级团队共商的时候，达成了一个共识，让同学们自己做主，一起来看一看同学们可以自己做主到什么程度，现在，我看到了，这次的毕业典礼棒极了！这次毕业典礼的成功就是学校对你们最大的褒奖！为什么我在你们出征的横幅上签名寄语"2022届，你们是最棒的"？因为你们有自主、你们能自主！

刚才曹若曦和王崇鉴两名毕业生代表的发言，让我非常感动，他们细细书写了自己心灵迭代的历程，这就是少年的成长，正如班主任李春玲老师曾经说过的"凤凰涅槃"，这是真正意义上的成长，是竞合性的成长。在家长代表发言时专门谈到了一个细节——带着问题与老师在线上学习课程，这是你们这一届对学校伟大的贡献之一，将写进学校的历史里，因为你们激发了"自主"的伟大力量，这将伴随你们的未来一起远航。进入互联网时代，进入人工智能时代，进入元宇宙时代，未来的学习一定是混合式的，一定不是以某一种固定的传统意义的学习开展的，而现在我可以骄傲地说，面对居家学习，面对线上线下的混合式学习，润丰学子不仅满足于老师"教会了"，你们"学会了"，更是追求"会学了"。润丰学子自主创新，青春在场；润丰学子自主拼搏，奋斗不息；润丰学子自主启航，相约疆场。

二、问学是创新的领航，这是时代的模样

为什么说你们这一届是最棒的呢？大家和我来一起看一下大数据。尽管今年全市的成绩都是水涨船高，但是你们这一届仍然实现了自己最好的状态，实现了自我超越。如果你们能够一直保持这个状态，那么你们一定可以在经历中考这个

驿站之后，继续笑傲江湖，直到高考，成为未来最终的赢家。今年学校的总平均分提升了10多分，总分优秀率第一次达到了100%，语文、道法、化学、地理等学科单科优秀率都达到了100%，历史学科出现了很多满分成为拔尖的"加分"要素。最重要的是有5名同学获得了绝对峰值的历史超越，在上一届的基础上再创新高，除了分数成绩的提升之外，更呈现出了"拔尖创新人才"涌现的优质发展趋势，这才是最宝贵的。

为什么大家能够获得这样的成绩？除了老师的辛苦，家长的帮助，你们自己的拼搏竞争、勤奋努力之外，最大的原因就是大家秉持了"问学"的思想，这也就是刚才我提到的带着问题的预约课。唯有带着问题而来的预约课才是真正能够解决自己问题的课，才是优质的课，才是自主意识满满的课，而也唯有带着问题而来，才能够达成真正意义上的自主安排，才能够创设自己的创新空间，才能够跨越时空有所收获。正如今天的毕业典礼，你们自主安排、主动创意，这是多么漂亮的一件事情啊！问学跟创新有关系，没有疑问就没有创新，而创新才能够实现学校创造第一的导向。

用刷题刷出来的所谓高分大差距意义是不大的。未来也许你们会遇到更多开放的题目，没有标准的答案，而只有创新的答案，那么不自主的人必将被淘汰。今年4月份颁布了新课标，为你们未来的高考指向了新的方向，那就是素养导向，立德树人。当你们进入高中，你们高中的课表更是定位于此、彰显于此，必然也会服务于此。

你们一定要深刻地认识到，唯有先人一步符合未来时代发展的需求，才能够领先一步拥有更光明的未来。你们现在已经拥有了问学的思维，已经拥有了创新思维导向。你们解决问题的思维是开阔的，解决问题的方法是多样的，解决问题的目标是精准的，这些都会在未来成为你们取得成功的后劲儿，你们一定要牢牢抓住这些在润丰学校得到的宝贵财富，它们必然会助力你们在未来实现新时代的领先。

三、创新是青春的远航，这是未来的模样

为什么要谈"创新"这个词？今年，祖国开启了第二个百年奋斗目标新征

程，到2049年中华人民共和国成立100年的时候，国家要成为真正意义的社会主义现代化强国。同学们，不要觉得这是很遥远的事情，这其实正是青春期的你们应该思考的问题。

我曾与南京百年老校的一位院士校友交谈，他讲述了自己研究雷达的起因，是因为在抗战期间，上学经常听到因日本飞机来空袭而拉响的防空警报，被吓得到处躲避。从那时起，小小少年就立志长大后要研究雷达，誓要制造雷达，让中国人成为自己天空的主人！正是这少年时的梦想成了他一生的追求，也成就了我国第一位雷达院士，为新中国的雷达军事事业做出了奠基性的杰出贡献！这不正说明了青春时代当了解世界大事，当勇立大志吗？当下的中国、未来的中国，都需要许许多多的拔尖创新型人才，这正应该是你们所有同学的追求所在！今天的你们正值最宝贵的青春期，青春期是老天赐予的最好的礼物，这个礼物最宝贵的地方就是创新，你们拥有创新的潜质，拥有创新的天性，只有创新才能让你们在今天的中考、未来的高考中赢得胜利；只有创新才能够让你们赢得未来，成为国家人才遴选的导向，成为精兵强将；只有创新才能让你们无悔青春，并拥有这宝贵青春最伟大的积淀；只有创新，你们才能在未来中国决胜的疆场，收获自己人生最伟大的高光时刻。

毕业典礼有很多，还将继续，而写在润丰毕业典礼现场和时空的，一定是写给未来、写给人生的。在此，我代表学校领导班子向全体2022届的毕业生道一声祝贺，大家光荣地毕业了！你们是最棒的！你们超越了自我，实现了青春的第一个梦想！在此，我也代表学校领导班子向全体九年级任课的班主任、学科教师表示衷心的感谢，你们辛苦了，你们应该骄傲自豪，你们是战斗的团队，是过硬的团队，是优秀的团队！在此，我还要代表全校教师，也向九年级这一届付出劳动的其他各个年级的老师、朋友表示衷心的感谢！向关心同学们成长的诸位家长和社会各界朋友表示衷心的感谢和崇高的敬意！你们是优秀的家长，优秀的合作共同体，我们将一起共赴诗和远方！青春不散场，青春永在场！母校静候你们未来学业成功的喜讯！母校的史册上将为你们美好的远航人生留下熠熠生辉的每一页！

强校梦真：2025届，润丰的荣耀巅峰

——在2022级七年级成立启动大会上的讲话
（2022年7月）

你们是2022级，2025年毕业，所以也叫2025届，因此我用2025这个时间为"题眼"来给第一次见面的讲话定位，就是希望从今天开始，大家就瞄着三年后。这意味着在润丰新十年发展史上，你们将创造学校发展战略规划"三大步四阶段十五年发展路线图"当中"三大步"的第一大步标志性成果，也是"十五年发展路线图"当中"四阶段"第二个阶段"打造质量强校"的历史使命实现的那一刻。"强校"的美梦成真，要在这一届达到绝对意义的实现。2025届的同学们，你们将成为润丰新十年发展史上第一个五年梦想的见证者，美梦的实现者，也将成就每一个同学每一个家庭的荣耀与荣光自豪，实现每个同学的生命成长意义第一个人生大考的光辉和灿烂。因此，我今天就用"四个最"说四句话，作为提前召开的第一次线上云端见面的校长致辞。

一、规划是最大的投资

（一）学校之规划

在这个学期结束之前，学校召开了三届九次教代会，审议通过了《北京市润丰学校"十四五"发展规划和二零三五远景目标》。2020年6月，我上任做的第一件事就是对学校未来发展做了5年、10年、15年规划。这个规划用了一年时间形成了两万多字的初稿，再用一年的时间进行沉淀、论证、完善，从2020年的7月9日首次提出，到2022年的7月12日全票审核通过。这个规划目标明晰了学校未来"三大步四个阶段十五年的发展路线图"，是跟国家、北京市、朝阳区及区教委发展规划同题同频的。我在全体教代会代表讲话以及为全体老师解读的时候的内容主题就是"规划是最大的投资"。"三大步四个阶段十五年发展路线图"其中五年一大步，十五年三大步；四个阶段是规划内涵新校、打造质量强校、构建

品牌名校、创生理想学校。学校将在不同时段实现这四个"校"的目标。其中在座的各位家长和孩子们，你们将跟学校一起见证一个美好的年份——2025年，就是第一个五年和学校发展的第二个阶段取得标志性成果的时刻。

（二）教师之规划

教师是学校教育质量和学校发展的根本动力。在这个学期放假前两天，学校召开了北京市润丰学校双名工程启动大会暨第三届科研年会的启动仪式。在会议上学校出台了"1+2+2"的"名师名长"工程的系列文件和配套方案，让所有的教师都有"369"三个段的教师成长发展规划和年度目标行动书。每位教师都在新的十年当中为自己勾画了专业发展和育人本领的路线图，这是教师之规划，也是教师发展的"最大的投资"。

（三）学生之规划

规划"三个高中"，让其成为每名同学和家庭暑假起步的"第一份作业"，也就是要在这个暑假当中理清三年后你要上什么样的高中。把它梳理为"三个高中"即"保底高中""理想高中""梦想高中"。选这三所高中要说出为什么，是否有精准的数据匹配，是否有周密的规划措施，为什么要这么安排。就是要求大家进入中学的第一步，要学会自我的SWOT分析，明确自己优势、劣势、挑战和机遇分别是什么。这里我特别要强调做到"三早"：早规划、早突破、早下手。"早规划"就是要定准目标，找准位置，也就是解决三个问题：我是谁？我在哪里？我要到哪里去？这就是第一最：规划是最大的投资。后面我将用"三最"，为大家解决"怎么去做最有效"提供借鉴。

具体而言，"早规划"就是"三年早知道"，比如说，你为什么选某个高中？你想上什么样的大学？哪一所大学？是国内的名校还是国外的名校？为什么选这样的大学？毕业之后你想从事一份什么样的工作？这个职业也可能是自己的兴趣爱好，也可能是家族的使命，也可能是社会的需要，也可能是国家的必须。每个人的成长规划一定要之于这四要素进行综合思考。为此，我们要寻找数据，精准导航。有了"早规划"，你就自然找准了自己的薄弱点、优势点，可以进行"早突破"。在中学的学习当中，有一个又一个的"堡垒"，甚至"暗堡"，它将阻碍你们前进的步伐，延缓你们成长的速度。但因为有早规划，你就能够早一步进行"攻坚克难"的突破，走向最后的胜利，迎来梦想成真的高光时刻。因为你有了对"攻坚克难"的认知，自然而然地，你就会"早下手"，下出"先手棋"。

三年来，三"早"效果显著。2020年的中考应考，由于学校的目标规划、教师的精准突破和学生的拔尖先手，学校策划了"中考冲刺21天快闪行动"，短短一个月，就实现了学校高端学生560分人数的4倍翻番，实现了当时的550分人数的19倍增长；去年，学校又取得了整体质量的提档升级，把学校规划当中第三年的目标提前实现，学校进入全区前30%，优秀率超过92%，取得了历史上跨越性的进步发展；今年刚刚毕业的2022届，根据学校的生源基础，拥有极大的加工率，在分数"水涨船高"的情况下，学校首次实现总分及格率和优秀率的双百，再创学校历史新跨越成绩。同时，640分以上的出现也再次成就了三年目标的提前实现，用学生家长讲的话就是："润丰学校的加工率与性价比特别高，我们家长特别满意！"现在的七、八年级拔尖群体势头更是相当迅猛，今年期末全区统测中，原七年级有两名同学进入全区2%，有10多名进入10%，这是历史性的突破和增长；原八年级期末统测的年级前五名中，前三名是并列第一，前五名相差1分，前七名之间也都仅仅相差1分，形成"拔尖"人才的成群集结，这些都是他们在入学时就"早规划、早突破、早下手"所产生的效果。

针对"早规划"，做到"早下手"。学校对每一位学生都有一份规划书清单。希望每个家庭的家长和孩子一起做初稿，然后论证并请学校教师指导。这个规划书的填写实行一学期和一学年的调控，班主任和学科教师会给大家做更多精准指导，随着你的发展进步，你的目标是可以变化的。有目标比没目标好，哪怕这个目标不准，或者暂时模糊，都比没目标强。开学之后，我见到每名同学的时候，可能都会问你，你定的"三所高中"是哪一所？为什么？建议你用简短的语言告诉校长你这个暑假研究初定的规划目标。

二、和谐是最美的竞合

（一）理念谱系首个10年

润丰于2010年建校，是由名校长、名师和名校共同办学。首任校长卓立最核心的思想是和谐教育，通过10年的发展，学校取得了优异的成绩，特别是学校的办学条件和理念体系是超前的、先进的。"一切为了孩子，一切为了明天"是学校一直的办学方向，"把润丰学校办成让家长把孩子和孩子的未来放心地托付给我们的学校"是学校不变的办学愿景，10年来，"和谐教育"的思想深入人心。

（二）守正创新新的10年

随着学校发展进入新的十年，"质量强校"就成为重要的一个目标。因此，学校对"和谐教育"进行了本质追问。"和谐"是中国传统优秀思想当中一个精华。但是，"和谐"的本质是什么？如中国太极图的旋转，"和谐"的本质是运动，是变化，是飞速的发展，是伟大的进步。只有这样的和谐才是最美的、最灵动的。因此，"和谐"的本质是"竞合"，是合作与竞争的良性互动。"竞合"是学校办学理念谱系上的新概念，"竞合"是和谐最美的姿态，应该成为和谐的本质。基于这样一个深度追问和思考研究，面向新的10年，面向未来，一是确立了学校的"教育理想"，就是"让学校成长为学生一生当中到过的最美好的地方"；二是确立了学校的"育人使命"，就是"培养有竞争力的现代中国人"；三是确立了学校的"教育境界"，就是"让学校成为师生的精神港湾"，成为最信任、最安全、最自由的心灵故乡。只有教育的规律与学生成长的规律以及家长的教育规律合为一体，才能实现真正的和谐、高端的和谐，这是学校办学的理念谱系的自然传承与守正创新。

三、拔尖是最贵的使命

关键词一：建设者与接班人的关系

习近平总书记特别强调落实立德树人根本任务，党的教育方针有明确的定位——培养德智体美劳全面发展的社会主义建设者和接班人。"为党育人、为国育才"是学校教育的初心使命与天然职责。特别是当下的中国正在经历百年未有之大变局，正在走向世界舞台中央，中国的快速发展、跨越发展不是轻而易举的的。在座的同学们，你们要努力成为合格的社会主义建设者和接班人，这就是"为谁培养，培养什么人，包括谁在培养人，怎么培养人"，这是时代命题的要义所在。

关键词二：拔尖和创新的关系

润丰学校在建校之初就特别提出了"七彩阳光七星少年"，在德智体美劳全面发展基础上，强调立德树人导向和科技硬实力，这才是真正的拔尖人才。新10年，我提出"人人都是拔尖者，个个都是创新人"。为什么人人都可以是拔尖者呢？希望大家好好思考这个问题。

关键词三："双减"新政与新课标的关系

2021年7月20日，中共中央办公厅、国务院办公厅印发了《关于进一步减轻义务教育阶段学生作业负担和校外培训负担的意见》，这标志着国家正式实施"双减"的新政策；今年4月21日教育部颁发了《义务教育新课程方案和课程标准（2022年版）》，这是2002年以来的第三次调整，你们这一届将在"双减"新政和新"课标"的"双新"背景下参加三年后的新中考和未来的新高考。学校把"双减"的方向定位"自主化"，把"双减"的校本实施"机遇化"，把"双减"的课后服务"课程化"，把"双减"的教育生态"创生化"，加之新学年还要开启践行新课标的"素养导向"新理念，就是要回归每个同学的天性和潜能，大家一定要有一切靠自己、自己要做自己的主人的意识！

四、自主是最真的赋能

"自主"将为你在初中学习、三年后的中考、未来的高考中赋予最大的能量，最大地赋能，我这里有四句话与大家分享。

（一）问学三台阶

"问学三台阶"是什么？首先解决好学生的标准是什么的问题。第一个台阶，敢问、想问问题的学生是好的学生；第二台阶，善提问题、会提问题的学生是最好的学生；第三台阶，能够解决自己提出来的问题的学生才是最珍贵的。

（二）每天800米

从你们这一届开始，中考体育由40分变成50分，所以要让健康成为习惯，适应中考改革。没有强壮的身体无法满足应考的需要，因此，我提议暑假开始每天跑800米。要早规划，形成体育满分意识，因为即使是一分之差，对中考也是有很大影响的，这也是健身习惯、健康生活方式养成的试金石。

（三）自学三件套

小学跟中学的学习不一样，希望大家早早备好"自学三件套"。第一件笔记本，随堂记笔记；第二件错题本，这是我们在中考和高考中取得高分的关键；第三件写字本，建议大家练好一手"行楷体"。

（四）自学三部曲

我认为养成三大好习惯特别必要。第一，每天早晨要有晨读；第二，自学课本点圈画；第三，每日三问，孔子说的"吾日三省吾身"就是人生三问。拥有这样的习惯和小技巧，你就会开启你的最大赋能，你将变成一个全新的自己。

这一届毕业班的老师绝大部分都到了新七年级来，他们是一个战斗的群体，是一个优秀的群体，是一个创造历史的群体！相信今天见面会的首次启动，一定会在未来达成润丰学校办学史上的又一个高峰！我无限地期待也坚定地相信！

借此机会我也代表学校领导班子和全体老师热烈欢迎新入学的七年级同学和家长，我们将是团结、和谐、竞合的共同体。今天也以这篇《强校梦真：2025届，润丰的荣耀巅峰》新校长致辞，表达我以及学校领导班子和全体师生对新七年级的同学、家长最美好的期待和最高的祝愿！期待这个线上见面会是一个美好的开端，是我们交朋友的开始。我、王书记和大家一定会成为你们的好朋友！学校还会有导师制、约课制、分层走班制、课后服务团、五五新课程等一系列的新举措迎接着同学们的到来。期待这个暑假与同学、家长加强沟通，与你们携手并肩，共创共享润丰学校载入史册的2025届的强校梦荣耀巅峰的胜利到来！

入学三问：我的学习我自主

——在2022级新七年级入学教育活动中的讲话
（2022年8月）

很高兴今天在此举行2022级2025届润丰学校新七年级入学教育活动。今天的培训活动主题是"我的学习我自主"，这一主题在历年新七年级见面会上是独一无二的。今天我就借这个主题展开三方面论述。

一、我的学习我自主——是什么？

我的学习我自主"是什么"？简而言之一句话，"争做三个小主人"，即我是学习的小主人、我是创新的小主人、我是管理的小主人。三个小主人指向自主的三个维度。

（一）我是学习的小主人

学习的小主人就是指学习主体没有别人，不是家长，不是学校，也不是社会，第一责任人应该是"我"，即在座的每一位同学。从中学开始，不管是冒尖、拔尖和顶尖还是拉开、拉低和拉垮，它的第一表征都是"学习是自己的事"。建议同学们今后学习的时候，凡是听到得意处，听到会心地，就大胆地、自然而然地鼓掌，这就叫心有灵犀一点通，更是问学课堂"鼓励阵阵"的四大景观之一。没想到今天第一次线下见面培训会，你们就能如此，特别有精气神！为你们点赞！这也是继去年2021级的新生培训会上的第二次出现这种场面，而且来得这么快！这就是自主少年可贵的细节表现。

（二）我是创新的小主人

你们这一级、这一批、这一代的在校学生，要承担中华民族伟大复兴中国梦的责任和使命。为什么？因为到2049年中华人民共和国成立100年的时候，大家大约40岁，正是年富力强的建设栋梁。那个时候需要的是拔尖创新的人才。我今天又看到一篇文章，专门谈论的是拔尖创新人才的培养的时代命题和核心内涵。之前朝阳区教委召开新学年新学期干部大会时，朝阳区教委的董书记也代表区教委再次向全区各学段的各个学校发出指令，要在拔尖创新人才的培养上加大力度，目标导向，选优拔萃。当然，创新首先从问题开始，就是要自主提出自己的问题，因为，问题是创新之源泉、创意之活水。

（三）我是管理的小主人

"双减"进入第二年了，新课标刚刚颁布，今年秋季开学正式实施了，所有这些新举措，到底呼唤的是什么？就是作为小主人的自主管理，自己为自己科学谋划好学习时间、作业时间、锻炼时间、生活时间，处理好课内课外、校内校外的学习生活，实现"德智体美劳"的全面发展和深度融合，这些都需要一种调控力，一种意志力，有一种智慧和策略。假期与同学们开启线上会议时已经跟大家见过面了，我给你们这一届定位为"2025届润丰的荣耀巅峰"，在你们身上寄托着学校对你们的最优状态的殷殷期待！

以上就解答了"我的学习我自主"的第一个疑问"是什么"。

二、我的学习我自主——为什么

为什么我们能够做到我的学习我自主？因为我们拥有"我的学校我自主"的领导班子和教师团队的智慧拼搏，还有"我的学习我自主"的理念谱系引领。

什么叫"和谐教育"？"和谐教育"的本质是一种运动，没有运动，就没有变化发展，就没有真正的"和谐"！

大家注意看中国的太极图，要特别注意，太极图中心阴阳鱼的S曲线是一分为二的，是阴阳双方彼此依存、制约、消长、转化的动态展现。由此曲线判分的阴阳双方，互补共生，相反而又相成，象征着宇宙万象遵循对立统一法则实现的和谐。太极图生动形象地揭示了宇宙构成的奥秘：阴阳对立而又统一，相应而又合抱。因此，可以说运动变化就是"和谐"的本质属性。同学们，这是我在历次学生讲话中，第一次用中国优秀的传统文化的太极思想来解释什么叫"和谐"。"和谐"的第一表征就是一种运动变化，而运动就决定了它会有先、后、快、慢、动、静的变化，体现了你追我赶，不断超越，实现了在变化中转化出更优的状态，即在矛盾运动中实现哲学的两面，对立统一，这也是它的哲学的一体双面。

"和谐"是事物内部诸要素矛盾统一关系的辩证体现，也是不同事物之间相辅相成、共同发展的辩证关系的体现。这也正如在《说文解字》中的具体解释，"和"字左"禾"右"口"，解释为"相应"，也引申为互相唱和的意思；"谐"字原作"龤"，从龠皆声，指音乐和谐，引申为和合、调和之意。按《现代汉语词典》的解释，"和谐"即配合得适当而不生涩，融洽而不别扭。我所说的"和谐教育"就如同这样的运动状态，而这种运动变化发展的状态就是一种竞争与合作的辩证统一，因此"和谐"的本质就是"竞合"。

那到底什么是"竞合"？"竞合"的核心要素是什么？要素之间内在联系又是什么呢？"竞合"是竞争和合作的统称，是一种合作性的竞争，良性竞争一定是基于合作基础上的最优状态。这里，我更强调的是"竞"，因为合作是一种手段，也可以成为未来工作的一个策略。而未来在工作中的合作能力又是让你能够作为你团队的一个优秀人才的必备品格和关键能力，能够实现正确价值观的目标达成，从而使你成为所在团队和未来与人生所从事的职业的 Number One。只有有竞争力的中国人，才能担当起民族复兴的历史使命。所以希望同学们从现在，更加注重"我的学习我自主"，在自主中提升自己的"竞合力"，成就未来国家强大竞争力。

三、我的学习我自主——怎么办？

如何做到"我的学习我自主"？我想给同学们三个"密招"。

（一）问学为先

今天我的讲话就是给大家做一个示范。我拿了"我的学习我自主"这个题目进行"问学"，我就自问：是什么？为什么？怎么办？你们也是这样，进入七年级的学习，进入中学的学习，首先要自己问自己，自己提出问题，并看看我提的问题跟老师或同学提的问题一样不一样，或者问题有没有被老师和同学吸纳为主要问题。什么才是中学的"好学生"？它有三个层次的标准。第一层：敢问、想问，这是"保底"的"好学生"；第二个层：善问、会问，这是"中级"的"好学生"；第三层：自解自问或自问自解，这是"高级"的"好学生"。啥意思？敢问、想问就是好学生；那谁是最好的？善问、会问。其实没有最好，只有更好！那更好的是什么人？最顶尖的是什么人？叫自解自问，把自己提出的问题自己解决。因此，你们要成为自解自问的学习小主人。长此以往，你就会成为创新的小主人，也是未来国家需要的拔尖创新的人才，具有原创精神的强国大主人。

（二）拔尖为标

暑假学校让同学们定3所高中："保底高中""理想高中""梦想高中"。怎么保证自己的保底目标能定准不翻车，理想目标能定稳好奋斗，拔尖目标能定高不降低？就要特别注意对于各种数据的整理和分析，你们这一届要以区"3%、5%、8%、10%"作为拔尖目标。每一学习阶段都将评比出"十佳学习追兵""十佳学习标兵""十佳学习尖兵"，今年我准备再特设一个"校长顶尖奖"，把最顶的尖子作为攻坚克难的新目标、大目标、高目标。

（三）作业赋能

作业是中学跟小学最大的区别，量多了，科目多了。"双减"之后，需要减负增效，减负增值，这就是高效率、高效益的问题了。那怎么办？就要强调作业自主，这种自主作业的理念就是"作业要赋能"。什么叫赋能？赋能就是赋出和赋入的辩证关系，也是一种竞合关系。这里我特别提醒大家去看看学校公众号，那里有我关于自主学习、作业赋能的具体项目载体的介绍分享，建议你们和家长一起看看我的讲话全文，仔细读一读，认真想一想，体悟其中的道理。其中，我特别提出的几个本子，课前的"预习本"，课中的"笔记本"，课后的"错题本"，大考之后的"反思本""日记本"，主题式作业、项目式作业、研究性作业、实践性作业，跨学科融合，跨学段综合，诸如此类，都是"作业赋能"的随身"基本功"，一定要从七年级一入学就重视起来，练就真正的"太极"真功夫。

在座的同学们，你们要创造2025年的荣誉巅峰，不会是敲锣打鼓，也不会是轻轻松松的，需要有牵住"牛鼻子"的精准导航，更需要有啃下"硬骨头"的坚强意志！如果你们解开了"作业赋能"这个秘籍，那初中的学习就一定是一次快乐的旅行、创造的旅行，因为在这个旅程上，你在润丰的成长，你们和你们的家庭的梦想一定会在这样的新起点、新气象中就创新出来、创造出来、创生出来！我相信2022级，也是2025届全体同学"我的学习我自主"的那"荣耀巅峰"的高光时刻一定会如约而至！谢谢大家！

我们走向新胜利

——在2022学年度第一学期开学典礼上的讲话
（2022年9月）

今天是2022年的9月1日，是2022—2023学年度第一学期开始。今天，在美丽宽敞的校园里、剧场里、教室里一起进行润丰开学第一课。从早晨到现在，我一直在感受着同学们一个又一个好消息，每一个好消息都是一次艰苦的奋斗、坚强的斗争。雨桉同学刚才说他在比赛和学习之间疑惑过、痛苦过，但他战胜了一切的困难，取得了国赛的成功，这是胜利，这是智力的胜利，这是智慧的胜利，是生理的胜利，是心理的胜利！

我高兴地看到刚刚入学一年多的原一（3）班同学，在学校首届经典戏剧节的引领下，同学、教师、家长能够心向一致，正如大赛评委所说，他们是创造者。一年级的孩子，年龄最小的孩子从班级的小舞台走出去了，走向了学校剧场的舞台，然后走出了学校，走出了家庭，走向了北京市、全国的教育戏剧大舞台，并最终走向了戏剧大赛的"皇冠"——夺得了全国特等奖，走出了一整个崭新的世界，这是胜利，这是了不起的胜利！我欣喜地看到刚才李知一同学的母亲作为开学典礼的家长代表发言，她的分享生动形象，感人至深！作为"双减"之后第一批一年级的家长，他们负责、创新、自觉、自主、融合！他们是"双减"时代家校协同的新型共育的先行者、领跑者、典范者！同样，看到班主任孙祎老师瘦弱身体里的坚强意志，她抢抓机遇有行动力，资源整合有专业力，勇夺冠军有战斗力！这都是胜利！正如现在开学典礼现场，我看到了眼前的同学们一个个坐得端正，紧盯校长认真听讲，并能及时互动，这是新同学坚持的力量，这就是胜利的形象！

今年的暑假，中学的老师、同学一直在进行总结、反思、表彰等。即使是在假期，老师们依旧认真地为同学们进行质量分析、作业指导、反馈表扬、细致疏导，而同学们也不负众望，自觉主动进行着提升学习。小学的老师们也在假期进行了课堂教学精品备课研究。大家都感到了暑假真正的意义所在，这就是这个暑假的一个又一个的胜利！

同学们，新的学期开始了，也标志着新学年的开始，今天开学典礼的主题是"我们走向新胜利"。在一个一个小胜的基础上，要赢得2022—2023学年度"质量强校"的新胜利，就要求老师们、同学们在教育教学、学习锻炼等各个方面都要全面发展，这才能助力学校最终夺取关键的胜利、决定的胜利和全面的胜利！

今天的开学典礼上，我欣赏九年级的栩喆同学，他的讲话能够表达出一种志气，一种勇攀顶尖的勇气；我欣赏在无人机、机器人等比赛中获奖的同学们，你们的每一次获奖都似乎预示着你们未来会为国家带来科技希望；我欣赏小小年纪就创办读书会的五（4）班陈钰涵、裴语菲等同学，他们将"润枫少年读书会"做成了直达光明日报出版社的一种"轰动"效应，成为全国性的"光明读书会"的第一个小学生的下属组织，还从"领读者"走向了"领跑者"，实现了知识就是力量的知行合一，实现了健康第一、生命第一的完美结合。他们践行了我在今年4月份读书节中提出的"读出经典人生，读出人生经典，创造经典人生，书写人生经典"的理念。他们是自主的、自发的、自强的，也最终迎来了自己的伟大、自己的光明！正如刚才钰涵同学所说，她对"光明伟大"的理解就是自主、就是创造、就是立志、就是尚善！也就是我们今天所说的"自主善问学、创新勇拔尖，五育贵融合"，就是成长的顺天之语，人生的关键之词。利用今天的开学典礼，我想再与大家分享三句话。

一、自主善问学

刚才一系列代表发言当中都藏着一个共同的理念，那就是所有的成功都是从自主开始的。

正如刚才新一年级代表冯佳萱同学发言里说的，身为润丰的学子要做好"学习的小主人、创新的小主人、管理的小主人"，才一年级的小朋友就已经能够语出惊人了，这不正证明了老师的引导水平、家长的指导水平和小朋友自主的能力水平吗？

今天我重点说说"做管理的小主人"，在"自主管理"上，我今天要跟大家定个位。

我们怎么才能学会"自我管理"呢？这六个方面的表现很重要：

一是目标管理。小学的时候就要规划自己的未来，提前规划就能提前入手，提前向梦想迈进。小学要规划自己的"保底初中、理想初中、梦想初中"，初中要规划自己的"保底高中、理想高中、梦想高中"，全体润丰人都应该有自己的近期、中期、远期目标规划。坚持你的目标，把精力用在自己最适合的领域，深耕下去。

二是时间管理。保持对时间的危机感。认清时间的意义，把时间当作自己最宝贵的东西来对待。在精力最好的时间里做最重要的事情，养成按日程表规划工作的习惯。同学们一定要有时间管理的智慧，要学会排两张表，除了学校的作息时间表之外，要在你的书房里写上回家之后的作息时间表、双休日的作息时间表和寒暑假的规划时间表，有了这些表格并认真执行了，那你就是在进行自主管理了，就是养成规划时间的好习惯了，就是掌握好利用时间的技巧了。利用碎片时间，让每一天的时间价值最大化。

三是知识管理。认清知识的价值。终其一生，都要保持学习的习惯，要多了解不同领域的知识，并形成框架。我们到学校是来学习本领的、学习知识的、学习能力的，因此要对知识本身充满渴望。我们永远保持热爱学习的热情，经常为自己的大脑充电，一定会成为未来某个或某些领域的专家。

四是意志管理。要始终微笑面对生活，做乐观达人，在克服困难的过程中砥砺自我，不断超越。拥有坚定的信念。认准的理想和目标，绝不轻易放弃。你的意志坚不坚定，攻坚克难有没有本领，都是很重要的。在孤独的时候忍耐，在迷茫的时候坚持，在暂时困难的日子里善待自己，在黑暗的深夜里为自己点一盏心灯。

五是人际管理。作为自主管理的小主人，要真诚地去关爱别人，包括自己的老师、自己的家长亲人，设身处地为他人着想。学会和别人合作。学会分享和承担，享受为同一个目标而奋斗的乐趣。学会宽容。善于克制自己的情绪，真诚沟通、宽以待人。学会和同学相处，学会和老师相处，学会和家长相处。特别是初中的同学们，你们进入了青春期，标志着长大，向大处说要开始学会承担责任了。青春期的美好是让你进步发展，而不是让你懒惰，更不是所谓的"叛逆"和"焦虑"。

六是心态管理。要有自信心，相信自己的能力，信心满满地面对每一天。要有积极心，遇事多从积极的方面去思考，主动把握机遇，做人群中最阳光、最积极乐观的那种人。要有平常心，笑对生活的纷纷扰扰、起落沉浮，不急不躁，不疾不徐。面临艰苦的学习任务，一定要有良好的心态。特别是九年级的同学们，面对中考的压力，你们要有强大的意志，做好心态管理，敢于打破所谓的"考试魔咒"，善于创造攻克问题的"制胜秘籍"！

我刚才说到了六个管理，是新学期在自主方面对大家的特别重要的参考建议，能够做到的同学就达到了"善"，就能比别人快一点、高一点、强一点。

接着来说"问学"。"问学"一定要自主提问，所有的学习都要基于自己提出的问题。比如说当学校四月份读书节被打乱的时候，钰涵同学就想了一个问题，既然学校不能开，我们又想做，怎么办呢？这个问题是她自己发现的，于是她就请教爸爸，爸爸支持，妈妈赞同。后来又找到了语菲同学，两人一拍即合，于是一场轰轰烈烈的读书大行动展开了，小小的人儿做了大大的事情！这不就是给我一个支点，我就可以撬起地球的"伟大"开始吗？这也就是我将他们的行为定义为"伟大"的原因，没有少年的雄心壮志，没有善于自我追问的意识，又怎么能做到呢？钰涵同学自己提出问题，自己解决问题，这是多么可贵呀！这就是他们的"问学"范例！

同学们，天天只忙着回答别人给你提的问题，那是不对的，想成为顶尖高手，没有自己的真问题、没有自己的真研究、没有自己的真探索，顶尖是不可能的！

二、五育贵融合

"五育"就是"德育、智育、体育、美育、劳育"。为什么要搞"五育"？"五育"为什么要融合呢？

学校的 AI 课程、国学课程、双语课程、美健课程、戏剧课程等都是融合课程，而融合课程跨学科正是刚刚颁布的新课标所倡导的未来人的第一特点。要想获得未来的"新胜利"，必须做好"五育"融合，哪个同学在"五育"融合上做得好，哪个同学就会成为国家未来需要的人才！

而身为国家最需要的人才的第一点就是要"听党话、跟党走"。因为德智体美劳的融合第一个就是"融德"！今年 10 月 16 日即将举行党的二十大，党的二十大是全体润丰人都应该关注的。我们要坚定相信中国共产党的伟大，坚定拥护中国共产党的领导，因为中国共产党是为老百姓谋幸福的。因此，全校师生要以无比崇敬之心喜迎党的二十大的胜利召开！以"德行必第一，五育贵融合"的实际行动，及时学习、践行二十大精神，矢志不渝，融合综合，做到"从小励志，请党放心，少年竞合，强国有我"！

国家未来要实现中国梦，需要有拔尖创新的人才，这些人才要具有创新的精神，具有原创的技术，而想要原创就必须先要做好融合的基础工作。"五育"融合就要科科都强，门门都棒，有漏洞就达不成融合。同学们一定要有攻坚克难的决心，要努力向"五育"融合迈进。刚才雨桉同学说，他通过认真规划，最终兼顾了学习和训练，这就是融合，他就是融合的高手，不仅做到了五育融合，还做到了各种管理融合，所以他获得了双料冠军。也正如刚才新六年级的学生代表张心怡的发言中说到暑假的"故事"，我认为，她的这个暑假就是一个全面发展的"五育"融合的学习之旅，有暑假作业的限时高质量，有体育锻炼的坚强意志力，有风景名胜的游学路线图……刚才的发言全程脱稿，落落大方，抑扬顿挫，就是五育融合的可贵自信、光荣自强！

物以稀为贵，之所以说"五育贵融合"，就是因为它难以做到，但是如果你做到了，你就会成为成功者，成为赢家，自然赢得新学年新胜利。

三、创新勇拔尖

2022—2023 学年度，要走向新胜利，怎么才能做到？那就是创新勇拔尖！

学习方法是不是更创新？是不是更优秀？是不是更好？是不是不断在改进？同学们，要知道创新得益于问题，创新的结果才是拔尖顶尖的！

我一直倡导大家要有"满分"意识，尤其是像初中的同学在数学、物理这些较难的学科上，我一直鼓励他们要争取满分。为什么我要这么做呢？我想先问大家一个问题，99分和100分是不是只相差1分呢？分数上看来是这样的，但是如果按照知识点来算，就相当于考一百个知识点有一个知识点失误了，按照这个比例，如果是一千分、一万分，那么这之间的差距又有多少呢？那可是从一分到十分、百分啊，这不就是"差之毫厘失之千里"吗？但如果是满分，即使是一千分、一万分，也有可能是零失误，因为零乘以任何数，都得零，因而就没有失分点。确保"零失误，无差错"，这是国家急需的"卡脖子"拔尖创新人才的必备品格和关键能力！正如刚才新七年级卢禹丞家长发言中所说，作为全面发展勇攀第一的优秀学生，他们在小学六年毕业选择初中的时候，通过家庭会议，毅然选择在润丰初中继续学习，这就是对我及领导班子老师们高度重视拔尖创新人才培养的认同与信任！刚才新加盟学校的老师——王老师和康老师"和谐共振，竞合发展"的郑重宣誓也代表了我们的心声：润丰人一定不辱新使命，创新勇拔尖！所以我再次强调全体润丰师生都要有"满分"意识，精益求精，分秒必争，止于至善，这样你才能更有竞争力，才能成为拔尖中的顶尖，才能走向真正的新胜利！

各位同学，各位老师，各位朋友，各位家长，今天举行的开学典礼必将意味着润丰学校新一年攻坚克难、勇攀险峰、鼎力高峰、再创辉煌的一次又一次新胜利的热切召唤！因为今天同学们开学典礼的"校长第一课"就是"我们走向新胜利"的集结号、冲锋号！我坚定相信，全校师生在新学年里一定能够创造属于自己新胜利的伟大奇迹！

金色年华：润丰好少年　九年加油站

——在2023届六年级毕业典礼上的讲话
（2023年6月）

今天毕业典礼的主题是"金色年华：润丰好少年　九年加油站"，我想将这个主题作为我今天给大家毕业典礼的祝词赠言题目。在今年六一儿童节前夕，习近平总书记来到北京市育英学校，向全国的少年儿童寄语，要求大家要"有志气，有梦想"，要"爱学习，爱劳动"，要"懂感恩，懂友善"，更要"敢创新，敢奋斗"，做德智体美劳全面发展的新时代好儿童、好少年。这几句话是习近平总书记在党的二十大之后，面向第二个百年奋斗目标迈进的关键时刻，给全国少年儿童的殷殷嘱托，毕业之际，我和大家再次重温，更有特别的意义和价值。

同学们，我想七彩阳光汇聚而成的金色，是你们这6年中的典型色彩，也是你们这个年龄特点的典型颜色，是颜色当中的至高境界。你们正处在这样的金色年华，是极为珍贵的，在此六年级小学毕业之际，我将送给大家三句话。

一、"金色年华"是你们六年的和谐成长

2017年9月份，你们在爸爸妈妈的陪同下，在家人的呵护中，来到了美丽的润丰学校。6年过去了，你们从懵懵懂懂的小朋友成长为具有金色意义的小学时代的毕业生。在这期间你们经历了什么呢？跟往届又有什么很大的不同呢？我想有两点是很有意义的。

第一点就是这6年同学们跨越了学校第一个十年和第二个十年的时间，这6年，有3年属于过去的第一个十年，又赶上了第二个十年的头3年，应该说这份经历极为宝贵。在这个过程当中，"和谐教育"的思想一直萦绕在大家耳边，七彩的阳光，五育的成长，一直陪伴着大家，学校和老师为同学们德智体美劳全面的发展提供了很多的平台和机会。

第二个就是近3年尤其是"双减""三新"之后，同学们面临着一个新时代强国建设、民族复兴的重要使命的人才新特征导向要求，因此，这3年当中，教导你们的老师们把"问学思想"作为自主学习、创新学习的常态课堂实践，还把培养你们成为具有竞争力的现代中国人作为自己的目标，努力"让学校成为您一生当中到过的最好的地方"，也成为家长放心地把孩子和孩子的未来托付给我们的地方。应该说这6年当中，尤其是在近几年，学校的"五五"课程、"六节"活动等都见证了同学们的靓丽风采。

我清晰地记得，在今年首届"英语口语节"上，在往年的"经典戏剧节"上，看到六年级团队的集体party，其中有个节目叫《爱丽丝梦游仙境》，狂扫比赛各大奖项，这是你们这届同学综合素养的美丽体现，是同学们跨学科融合的靓丽展示，你们能够把"金色年华"作为6年的快乐成长、和谐成长、竞合成长的见证，同时这也是润丰好少年优秀的见证。

二、"金色年华"是你们九年的加油驿站

"金色年华"是什么呢？我认为这还是你们9年的加油站。9年的加油站意味着什么？润丰学校是一所九年一贯制的学校，应该说9年的成长是大家共同的相约，因此6年的学习和今天六年级的毕业典礼，也是学校九年一贯小学阶段的一个成长驿站，这个驿站是一个加油充电赋能的驿站，是一个相对阶段的结束，但更多的是一个新的进发，新的能量的集聚。很多同学因为种种原因选择了不同的中学，但也有更多的同学选择了未来3年就在润丰中学部继续学习，无论在哪里，你们这9年人生的宝贵经历都应该被视为一个自我生命成长的加油驿站。加油驿站就是毕业典礼应该有的声音。润丰学校在前期已经尝试了小学毕业年级的小初衔接课程，"3+X+Y"课程助力大家的"三力"成长，未来随着学校在朝阳区拔尖创新人才的战略规划调整，将有加盟北京中学教育集团的新资源新优势，从高中向下衔接或从小学初中、九年一贯制到高中的向上贯通，以拔尖创新人才贯通式的培养为导向进行的资源整合，将是朝阳区的一个新的发展战略，也是贯彻落实党的二十大和教育部关于拔尖创新人才培养的自主培养的重要区域举措。恰逢这样一个9年加油的重要时刻，学校中学部也将为大家提供更好、

更精彩、更优质的课程，促使大家拔尖创新，竞合成长。

三、"金色年华"是你们人生的奋斗启航

"金色年华"更意味着什么呢？我认为从长远来看，"金色年华"更是你们人生的奋斗启航。这6年，同学们为自己的学业成长付出了努力，为学校争得了荣誉，为家庭增加了希望。自己从孩子成为一个学生，未来还要成为一个人才。在党的二十大报告中，习近平总书记特别地提出来，在强国建设、民族复兴的大业当中，要把"教育、科技、人才"三合一，要"造就拔尖创新人才，聚天下英才而用之"，更重要的是强调自主培养。未来已来，特别是现在互联网、人工智能、元宇宙、ChatGPT时代的高科技喷涌而现，大发展迅猛迭代。同学们，未来的路还很长，就算你们有了9年的学习经历，未来还会有3年的高中，还要冲刺高考，还要成就职业规划，因此从现在到2049年这重要的第二个百年奋斗目标的时间节点上，正是同学们求学奉献的奋斗时光，同时你们也是建设伟大中国梦的中坚力量，也就是当中华人民共和国成立100年——2049年，同学们那个时候正好是三十八九岁，正是国家的栋梁之材，也是社会的主力军。今天的"金色年华"，一定会是你们的宝贵积淀。

在此机会，我再次代表学校领导班子，向顺利完成学业的全体六年级同学们表示热烈的祝贺，你们光荣地毕业啦！也借此机会向我们敬爱的家长们表示感谢，我们相随6年，一路相伴，我们家校社一体化，和谐成长，收获成长，谢谢你们，优秀的家长朋友们！还要再次感谢小学部使这一届六年级同学们学业进步、全面发展、快乐成长的各个年段的老师们，尤其是担当今年毕业班工作的全体老师们，你们辛苦了！

金色年华，润丰好少年！金色年华，九年加油站！金色年华，未来梦想成！祝福你们！今天，你们以你们的学校为光荣，未来，我们也将以你们优异的成绩为骄傲！继续深耕新三年，一路高歌向未来！

拔尖创新大荣光：世界因我而美好

——在2022学年度第二学期结业式上的讲话
（2023年7月）

我在今年初2月份的开学典礼上跟大家讲过，"光荣一定属于你们"，今天我们仍然用这句话作为一个学期结业式讲话的主题词。

今天同学们上台领奖的那一个瞬间，就是拔尖创新结出的硕果，是那样的美好。这种美好是因为你们五育融合竞风采，是因为你们拔尖创新结硕果，是因为你们质量强校勇争先。

同学们，世界的美好是因为大自然的每一分子，他们独特的、异样的、唯一的风采，共同造就了这个世界的无限多样，五彩缤纷。正如学校的七彩阳光，大家各有添色，我想拔尖创新在这里就像是自然界的春夏秋冬，此起彼伏地展示生命的绚烂。春天有播种，种子正发芽；夏日有炎炎烈日，所有生命都在抓住这个关键机会，猛猛成长；秋季有硕果，大家因为沉沉积淀的收获而高兴；冬日有飘飘雪花，所有生命悄悄冬藏，为来年再一次孕育并勃发奇迹而默默准备着。此时此刻就在这个结业典礼上，我有三句话与大家共同分享。

第一句话是，在融合课程中，感受世界本真的美好荣光。

在刚才校园十大新闻大事记的播报中，可以分明地看到同学们在AI课程、国学课程、戏剧课程、美健课程、双语课程这些新的课程跑道中运动、竞赛的美好！这样一种五彩缤纷的跨界，正是这个世界相互融通的自然本色。学校"五五课程"的融合点，把"五育融合竞风采"的创新点进一步彰显了出来。

同时这个世界的美好还是因为同学们在新课程、新标准背景下，在新增加的劳动课程、信息科技课程中，还有一贯之的语文、数学、英语、道法、艺术、体育、科技等等众多的课程里的进步，你们在学科探究当中感受到知识的内在美丽，也感受到学科的专业魅力，收获了提升和成长。你们就可以感受这个世界的法则，感受到这个世界的神奇，并最终感受这个世界的美好，这样一种美好，在新课程的素养导向中得到了最大的彰显和爆发。

第二句话是，在"问学课堂"中，体验世界自主的美好荣光。

同学们，好玩是你们的天性，探索未知是你们的本能。"问学课堂"倡导你们自己提出问题，自己解决问题，在"敢提想提"问题的基础上，"善提会提"，同时做到"自问自解"。在这样一种"问学"与"创新"相连接的源头活水过程当中，我见证了你们现在已经适应了"问学课堂"，成了"问学课堂"上的"学习小主人、创新小主人、管理小主人"，尽展风采。

学校的"行督课"，小学部和中学部的同学们都有参与，我经常能够看到同学们自信地挥洒自己的光芒，更有今年4月8日，在学校举行了"全国人工智能赋能课堂评价高峰学术研讨会论坛"展示，学校老师和同学们的表现，受到了现场500多位参与领导、专家、教师以及线上十几万观众的一同观看，深受好评，还被新华社、学习强国等高端媒体详细报道。

同学们，是什么让你们赢得了别人的好评呢？是你们的自主！我希望，同学们在"问学课堂"中生发更多的原创精神，并且在未来成为拔尖创新人才的成长过程中，能够更深入地体验到它的美好，感受它的魅力，赋予它能量。

第三句话是，在节庆活动中，演绎世界"数智"的美好荣光。

"数智"是数字和智能的结合。有人说现在这个时代已经进入了"数智时代"。随着元宇宙和ChatGPT喷涌而来，给世界带来的颠覆性变化是无穷的。学校为大家设置的全年"六节"活动，这个学期大家共同经历了三个。本学期，在3月首届"英语口语节"上，大家共同感受了"国际之声"；在4月"阅读写作节"上，大家共同感受了"书香之美"；在5月"文化艺术节"上，大家共同感受了"艺术之韵"。这些节庆活动以及刚才受表彰的关于科技、艺术、戏剧等方面的同学们的成绩都充分说明了一点，包括9月份的"美健体育节"、11月份的"AI科创节"、12月份的"经典戏剧节"，这样全员性、竞赛性、精英性、创新性的节庆活动，它其实就是一门课程，是一种隐性课程，是一种环境课程，是一种活动课程，更是同学们感受世界"数智"时代恰如浩瀚苍穹般的神奇魅力的课程。为此，我希望同学们在以后的日子里，在"德智体美劳"全面发展的各个方面都继续展示风采，乘势而上，乘风破浪。我相信全校师生在未来发展当中一定能够更优秀、更美好、更卓越！让我们共同努力！拔尖创新大荣光，世界因你更美好！

博观约取，厚积薄发

砥砺前行　冬奥有我

——在2021年北京青少年冰壶普及校园巡回活动上的致辞
（2021 年 12 月）

　　冰雪运动，不但能增强我们的体质，还能培养大家强烈的爱国主义精神，积极热情的集体主义精神，自强不息、坚韧不拔的意志品质。体育是力量的角逐，体育是智慧的较量，体育是美丽的展示，体育是活力的飞扬。一名合格的学生，必然是一个全面发展、能够自我完善的学生，是一个无论在考场还是运动场上都能勇攀高峰的学生。希望大家可以积极参与到冰雪运动中去，为自己、为学校、为国家，勇创佳绩！

成为美妙新少年

——在2021北京市润丰学校课后服务课程成果展上的致辞
（2021年12月）

今天我特别高兴，因为北京市润丰学校首次"双减"的课后服务优秀作品展今天开幕了。看到同学们经过一个学期，在音乐、美术、书法、科技、劳动等各个方面形成课后服务的优秀成果，我感到非常高兴，向参加展示的同学表示热烈的祝贺，同时也向付出辛苦劳动的优秀指导老师们表示崇高的敬意。

"双减"是要同学们全面发展，"双减"是要同学们在学校接受更优秀的教师的服务指导和帮助。相信同学们在2022年会得到老师们更精心的辅导，在课后服务课程当中会有更多的优秀成果，同时希望同学们能把在学校习得的知识、技能运用到生活中，把优秀传统文化和艺术作品传递给更多的人，相信这将会给你们未来的成长之路增光添彩。再次祝贺同学们取得的优异成绩，也再次祝愿同学们2022年在润丰学习的时光中，成为全面发展、阳光靓丽、优秀美妙的新少年！

让矢志先锋成就高标冲锋

——在纪念"一二·九"运动86周年主题团日活动暨2020级少先大队离队建团仪式上的寄语

（2021年12月）

先锋是什么？先锋就是走在前面的旗手，是举着旗帜走在前面的人。要想成为这样的人，有两个要素：第一，要找准旗帜是什么；第二，以正式的姿态、以勇往直前的精神向旗帜和目标努力，我们每一名同学要永远追寻先锋。

童年，是人一辈子最美好的心灵故乡。刚才同学们摘下队徽的那一刻，心里有没有一丝涟漪荡漾？小兵张嘎、王二小……这些英雄少年，都是先锋，离队的此刻，回望童年，要骄傲我们曾是中国少年先锋队的一名队员，要带着这份骄傲向着先锋继续前行。

青春，是人一辈子最美好的激情岁月。离队建团是青春的开始，14岁的青春岁月，对每个人来说都只有一次，定要珍惜。中考、高考、就业……，青春里的每一次成长都需要冲锋的精神，只有这样，青春才拥有无限潜能。现阶段同学们要把加入共青团作为目标，努力成为先锋力量。

未来，只要你们高标冲锋、越来越优秀，就可以成为一名光荣的中国共产党党员。你们将团结在中国共产党周围，为实现中华民族伟大复兴的中国梦而奋斗。那个时候，你们就是中流砥柱，是先锋，这就是：向未来。

青春需要成长，青春更需要责任。作为一名共产党员，我祝贺同学们光荣离队，祝贺新团员光荣入场，也预祝每一名同学成为未来的先锋、未来的共青团员、未来的共产党员，未来的国之栋梁！

锚定高目标　演绎美戏剧　赢在大格局

——2022年元旦致辞
（2021 年 12 月）

在这辞旧迎新之际，我特别高兴给大家发表元旦致辞。高目标定位激励我们，美戏剧演绎提升我们，大格局规划成就我们，新旧交替，更需要我们瞻前顾后，总结期许，才能赢得大棋局。过去的一年是一个特殊的年份，我想从三个方面来跟大家作一个分享。

一、新十年的"跨越"开局

新十年的跨越开局主要是有高目标的规划。在2021年到来的时候，学校曾经用一年的时间来研究新十年的发展规划，制定了三步走四个阶段的"十五年发展规划路线图"。在这一年当中，同学们和老师们一起按照这个高目标的引领，锚定目标不放松，取得了优异的成绩。学校荣获了全国人工智能的常务理事单位、全国中央电视电教馆的人工智能实验基地学校，同时学校人工智能社团参加教育部全国大赛荣获一等奖，还有300多名同学在市区各类比赛当中获得一、二等奖，更重要的是学校荣获了2021年的朝阳区教育教学质量优秀奖和工作优秀奖，获得了"双优"的成绩。2021年，学校九年级同学参加中考取得了历史性的跨越成绩，进入了全区一流方阵，特别是平均分和优秀率居于全区的前30%，跨了两大步。实现了学校新十年"十四五"跨越发展的精彩开局！这与全体同学、各位老师付出的辛苦劳动，特别是围绕着高远的目标，苦干、实干加巧干分不开。在此，我代表学校领导班子向全体同学表示祝贺，向全体老师表示衷心的感谢，也向家长们表示崇高的敬意。

二、新基建的"双减"变局

在这一点上，学校胜在了主动应变。全体同学、各位老师和家长主动应对"双减"政策带来的变化，这个主动的作为为学校取得了很好的成绩。在体育节上，在艺术节上，在科技节上，以及即将到来的戏剧节上，每一个班级都有过精彩的全员展示，都有过精彩的年级分享，"三个小主人"的理念成为大家应对"双减"变革的智慧选择，不把希望寄托在别人身上，做自己学习的主人，做自己创新的主人，做自己管理的主人，这就是属于我们自己的"双减"时代。我很高兴看到从一年级到九年级，全校都掀起了自主学习、主动学习、创新学习的热潮，更涌现出了一大批优秀的先行者、大胆的实践者。在上半年的行督课上和下半学期的和谐杯课堂上，我和很多的领导干部高兴地看到同学们能够自主地积极学习；看到同学们在老师的引领下自己研制思维导图，共同设计合作学习；看到同学们敢于限时做作业，做到课后作业在校内完成，回家后自行补充提升。在"双减"背景下，同学们没有做"双减"的被动者，而是成为"双减"的小主人。新的一年，希望大家继续奋斗，继续探索，我们一定会赢得"双减"这个变局的胜利曙光。

三、新虎年的"双优"胜局

明年就是虎年，也是学校十四五的第二年，新十年的第二年，在这一年还将迎来中国共产党第二十次全国代表大会的召开。俗话说，虎虎生威，虎虎神威。新一年，要有一股虎气虎劲，要以饱满的热情、积极的状态继续学习，继续锻炼。在这里，我有三点展望：

（一）四大佳节，赛事丰富

在过去的这一年里，学校举行了体育节、艺术节、科技节以及正在启动的经典戏剧节，希望同学们抓住学校的各个佳节，全员参与，主动配合，寻找最适合自己的角色。

一是戏剧节。以今天马上开始的润丰首届"经典戏剧节"为例，从一年级到九年级共有"9+9"个中英文经典剧目，如果你在润丰读一年级到九年级，9年当中你将经过18个古今中外的"经典戏剧"的系列演绎。戏剧课程是一门未来课程，希望同学们好好演、大胆演、认真演。在这个过程中融合自己的学科知识，相信一定会成就你未来的戏剧人生。

二是读书节。2022年学校还会优化"读书节"，将阅读与国学、写作结合起来，希望人人都成为国学的爱好者、写作的小能手，提高同学们的阅读能力、语文素养，也为未来赢得中高考打下更加坚实的基础。

三是科技节。除此之外，学校还将在科技节上进一步加大力度，优化为"创意科技节"，特别是人工智能。2021年是元宇宙元年，是基于互联网技术，基于软件技术，基于区块链技术，虚实相融形成新世界的元年，明年学校将在现有的基础上邀请院士、专家来为大家作指导帮助，希望同学们能够热烈拥抱人工智能这个未来最先进的项目，从小做起，敢于尝试，争做"元宇宙教育"实验的小主人。

四是体育节。就是将艺术、体育、劳动、德育等融通融合，为大家提供展示美丽人生、美好生活、健康第一等融合发展的平台。

（二）课后服务，平台众多

学校明年的课后服务将围绕"五五课程"，特别是五大特色课程（AI课程、国学课程、双语课程、戏剧课程、美健课程）开展，为同学们提供更多的机会和平台。与此同时，学校还将继续进行"双百课程"，即"百名优秀家长走进百节课堂，百位社会名家走进百节课堂"的系列报告讲座、教学活动。同学们将会享受多个时段，完全不同的课后服务课程。2022年将是同学们个性才华、武艺全面发展的时期，希望同学们在这段时间里更好地竞合成长。

（三）问学课堂，拔尖创新

在敢问想问、善问会问、自问自解这样的三大问基础之上，新的一年学校将继续强化每个人的思维导图能力，提升大家的限时做作业效率，合作学习能力，并且学校会继续探索作业的新方式，形成成长作业、主题作业、基础作业、分层作业，等等。我相信，每个同学都能够在快乐、自主、高效、积极、创新的空间内，再造自己学习的新生态，再造自己生活的新生态，矢志不渝地问学，成为"人人都是拔尖者，个个都是创新人"的国家急需、民族急需、社会急需、未来急需的"拔尖创新人才"！

无悔青春：在争分夺秒中争强好胜

——在2022年中考百日誓师大会上的寄语
（2022年3月）

刚刚同学们在看家长写给自己的信时，我也一起分享了同学们收到的信件，其中我读到了"不负青春"这4个字，我今天的讲话题目中也有"青春"这个词。刚才教师代表的发言进行了三年回顾，情深意长，两位家长代表的发言，内涵深远，封封信件温暖深情，透露出无限的期许。"百日誓师"其实是一种能量的积聚，就在这情绪间慢慢地涌动情愫、积聚力量。在今天的"百日宣誓"时光里，我们来一起阅读，阅读来自父母的亲笔书信，我们看到了同学们的眼睛湿润和心灵共振。刚才学生代表陈静涵的发言开篇就讲到了自己的理想高中是陈经纶中学，谈到了自己八年级测试时因为情绪导致的"小失利"，但是她没有因此退缩，而是积聚力量，给自己信心，最后获得了阶段的小成功。正如她最后所说的"长风破浪会有时，直挂云帆济沧海"的宣誓期待，这就是一种大气格局、高远境界状态，一定能够成就你们美好的第一次的人生大考。

今天的"百日誓师"是我来到润丰学校后又一届新的九年级誓师，这次与过去有何不同呢？我认为同学们学会了自主学习，更善于自主学习；同学们也有了更多在校与老师同学交流研讨、共同学习的时间，这是过去的学生没有遇到过的，所以说你们面对的是一个新型中考。那么，我们要如何在这样新的百日誓师中寻找到自己的站位，获得新能量的积聚，创造出新奇迹呢？我想就以"百日"破题，来说三句话：

一、百日誓师，不只是大事，更应该是一件盛事，需要百战不殆的气魄

百日宣誓是件大事，自然不必言，因为这是你们人生的第一次真正的学业大考！需要的是这样的百战不殆的气魄！我觉得，百日宣誓更应是一件盛事。这个

"盛"是盛事的盛，是盛装舞步的盛，是盛大的盛。人生还有会很多大事，但是中考必须是盛事，我们的必胜理念就应该把它定在一种强盛、茂盛的基调之中，这是符合青春期是上天赐予的最好礼物的标志。从这个意义上讲，落脚点就叫作百战百胜或者说是百战不殆。面对盛事，一定要自信自强，唯有如此，同学们每一天在校度过的时间才是高效率的、高效益的，要把时间用分秒来争，看起来是一个一百天，但细算下来并非如此，面对下周末的英语口语第二次中考机考还有8天，面对5月中旬的体育中考现场考试，还有两个月左右，再去掉同学们休息、生活的时间，面对6月24日的文化课全面中考的时间也不算太远，不满100天，只有97天，去掉双休日26天，只剩60天左右，只有两个月时间，再去掉吃饭休息等，所剩无几了！要知道所有的大成功都是由一个个的小时间、小细节来决定的，想要完成华丽的盛装舞步，就要珍惜当下的每一天，争分夺秒应该成为百日宣誓后的第一表征，快速认清这种大事盛事的目标定位，才能动力充沛，坚持不懈，持之以恒。

二、百日冲刺，不只是拼搏，更应该是一种拼命，需要争分夺秒的狠劲

百日冲刺的状态，就是超越自己的极限，我们需要的就是这样的争分夺秒的狠劲！百日的关键字是"冲刺"，表达是争分夺秒，决胜就在分秒之间。百日这样一个时间，为什么用拼搏和拼命来说？刚才家长代表发言也提到"人生能有几回搏"。当年女排在改革开放之初的时候，就创造了世界冠军，为改革开放早期的能量积聚的爆发，带来了伟大的"女排精神"力量。因此什么叫作拼搏和拼命？它的核心要义就是精神的力量，精神的力量往往就是同学们能够在百日之时产生质变的高光时刻。这是你们人生的第一次大考，完全是靠自己自主的，这就是以前我多次提到的"双减"之后你要想成功，就要比过去30年、20年、10年的毕业生更有自主的状态，青春的标志就是要你把青春力量迸发出来。从这个意义上讲，我所说的"拼命"的"命"是建构在同学们青春期伟大力量之中的，是同学们人生第一次也不可能有第二次的集中爆发点之中的，中考和高考正落在了同学们15岁和18岁这两个节点上，这两个百日誓师，就是要让大家把上天赐予

你们的生命的能量极大发挥，我们要有这样的认知和自信，因此我们拼的"命"不是生命的长短，是生命的精彩，是生命的尊重，是不负你青春期的生命的勃发。换句话说，如果你们虚度了这100天，你们就辜负了自己生命长河之中不可再遇的高光时刻和美好时光！要坚信哪怕只有最后100天，50天，30天，7天，3天，1天，还是会产生学习变化的奇迹，因为这就是青春期的奥妙和神奇！百日冲刺宣誓的是什么？不仅是拼搏，更应该是一种拼命的精神，这一点希望同学们能够感念之、体悟之、行动之。

三、百日人生，不只是青春，更应该是一份礼物，需要"封神演义"的实力

百日宣誓意味着你们人生的又一开篇，作为青春期的百日人生的"封神"之作如何写就？需要的是当年姜子牙奠定周朝近八百年江山的"封神演义"的大勤、大智、大志的践行实力！这篇文章应该怎么写作？今天给大家"四再"策略作为建议。

（一）目标再精准

现在我现场给大家30秒时间，你们每人在心里面默念一下：你的中考的"3所高中"是哪3所？调没调整？变没变化？是低了高了，还是正好？也就是你的保底高中、你的理想高中、你的梦想高中一定要具体化到具体学校的名字，这3所学校一定要再精准，定下来之后，去进行这所学校的数据收集和数据分析，然后找准自己的薄弱点，用百日时间，精准定标，高标冲尖。

（二）行动再自主

学校给九年级的老师和全校的老师倡导的是开放式的课堂，是问学式的课堂，是研究式的教学。为什么要这么要求呢？当然是因为考试的内容重点、形式方式变了，特别是"双减"之后，聚焦点在未来需要的真正人才的本质特征上。上次全区的质量分析会上明确三条内容。第一，基础要牢。对于现在基础不扎实、不过关、不满分的同学，就是一分都不能丢，所以争分夺秒的"分"，除了是时间也是说分数，1分、0.5分也不能放过，大家一定要有满分的概念。第二，实践要强。现在的题目实践性很强，开放性很强，只靠死记硬背、机械模仿，成

不了真神、大神、美神。第三，综合要通。同学们还要善于融通，现在的题型更加融通，文理相通，学科相融，知行相容，对于这样的题目同学们要有高度的兴趣去关注。更重要的是还一定要有时间观念，加强给自己限定时间的模拟练习。

（三）比学再帮超

一定要站出来去比优，要大胆去与优秀的同学PK，要在学习上去帮助别人，帮助别人的同时是自己学习过程效率的18倍之多，这是学习的金字塔理论，能够当小老师去教授别人的同学一定会学得更好、更有效率。

（四）青春再伟大

唯有积极拼搏、努力上进，你的青春期才能称之为属于自己的真正青春期。青春期是促进人的进步，阻碍人的懒惰和僵化的机制。这是青春期的伟大之处，这对于每个人都是公平的，是我们要倍加珍惜的最好礼物！

衷心希望全体同学、各位老师以及亲爱的家长们，在最后100天里，团结奋斗，携手同行！相信今天的百日誓师大会，将会为你们注入新的能量场和动力源，推动你们更快更高更强！我希望大家能牢牢记住这第一次人生大考的100天之路，请以我三四十年前的中考为例——到现在仍然是历历在目的人生镌刻，因此我无悔我的青春，因为我在那样曾经的"争分夺秒"中，争胜好强，争强好胜，才成了市里面的中考状元。我预祝2022届的九年级毕业同学虎虎生威，虎虎神威，取得优异而神奇的成绩，让你的青春绽放最美的光彩！

2022出师表：大道静慧正青春

——在2022届九年级考前送行会上的寄语
（2022年6月）

今天我们齐聚运动场主席台前，一起度过这个即将出征的特殊一天，也是极有意义的一天！就像刚才冯主任所说，今天是过去的结束，也是明天的开启，先祝愿同学们明天乃至以后一切顺利！

同学们，凡事均须有"三段式"的精心设计，在考试前相信每个同学都有非常精准的倒计时计划，每一天都是一个新的阶段，每一时段都有适合自己的三段式设计。就如这出征前的最后一天也是如此，今天的集体签名、出征祝福就是第一段式。青春只有一次，你们要抓住这个机会，创造自己的奇迹！中国四书之一《大学》所言："知止而后有定，定而后能静，静而后能安，安而后能虑，虑而后能得。物有本末，事有终始。知所先后，则近道矣。"这句话说的意思是，知道应达到的境界才能够志向坚定；志向坚定才能够镇静不躁；镇静不躁才能够心安理得；心安理得才能够思虑周详；思虑周详才能够有所收获。每样东西都有根本有枝末，每件事情都有开始有终结，明白了这本末始终的道理，就接近事物发展的规律了。这也是"静能生定，定能生慧"道理的由来。即将开始的3天中考，更需要"静慧"二字，静能生慧，这需要大家静下来，静下来思考才能充分理解，在充分理解的基础上才能产生新的升华！你们要充分相信自己，稳住心态，在考场上冷静思考，如果遇到不会的问题不能慌，学会"松静匀乐"，善用深呼吸，妙用"三不"招，要相信自己一定能解决，也许在下一秒就会产生奇迹，得到新的灵感，从而使难题得到解决。也可以先跳过去，专心先做自己会做的题目，增强信心。

刚才一个同学说，喜欢我再度分享一下以前给大家解读过的《道德经》，那就让我们一起背诵开篇几句："道可道，非常道；名可名，非常名。无，名天地之始，有，名万物之母。"这个意思是说，道，如果能说出来，就不是常理的道。名，如果能用文辞去命名，那它就是常"名"。大有即无，大无即有，事情都在有无之间瞬间转换。所以我们看问题也要看本质，研究问题也不能只看表面。我相信，你们每个人都不会辜负老师和家长的期望，都能在最后的拼搏中勇攀高峰，取得战役的最后胜利！相信大家一定能成功！正如刚才大家签名的横幅的对联上的两句话："雏鹰试翼今丰润，鲲鹏振翅正铿锵！"中考加油！中考必胜！你们就是奇迹！

水尚润枫：自主少年伟大光明的样子

——在"我爱我的祖国·光明润枫少年读书节"活动上的讲话
（2022 年 7 月）

今天，看到这次活动的海报小册子特别高兴，我想一定要把它拿上来再展示给大家，看看这个精美的样子。刚才我也看到同学们诵读《大学》经典的认真的样子。特别是第一句话："大学之道，在明明德，在亲民，在止于至善。"我们小学生研究的这个"大学"的"大"跟现在这个"大学"可不一样。这里，我先背诵一下《道德经》的开篇："道可道，非常道，名可名，非常名。无，名天地之始，有，名万物之母。故常无，欲以观其妙，常有，欲以观其徼。此两者同出而异名，同谓之玄，玄之又玄，众妙之门。"这个《大学》当中最重要的在于什么？大学之道为德也。这篇文章的最后"赋润屋，德润身，心广体胖，故君子必诚其意"。诚就是诚者自成，诚者自成也是出自《中庸》："诚者，天之道也，诚之者，人之道也。"只有天道与人道和谐共生，才能自成之。成什么呢？成人成才，贵在成人成才的人才。

今天参加润枫少年暑期读书会，我特别高兴，特别感动，也特别振奋！看到今天同学们的精彩展示，看到刚才播放的你们过去的活动视频，我知悉了这个活动的来龙去脉，更能够深刻地感受到"伟大"到底在哪儿，大学之"大"、伟大之"大"，何以为大。光明，这就是中国未来的样子，世界未来的样子。而"光明"跟"少年"一旦结合，那就是"少年强"。由此"水尚"的意义是"上善若水"的一块美名花落我们"朝青"板块。润枫，"润"之大学之润也，"枫"之红叶之"枫"也，"红"在我们哪一颗心呢？在那一颗中国共产党建党百年的初心出发和使命抵达的地方。这个"样子"贵在"自主"，自主的少年才会成就伟大，成就光明！

去年是 2021 年，是建党百年的时候，有一部电视剧叫《觉醒年代》，随着播出，它从一开始的不起眼到被很多人乃至全社会关注，都是因为再现的是那样一个觉醒的年代，我想那一定是少年青春和青春少年的英姿勃发！正如当下的这个"润枫少年读书会"，你们从何而来？又向何而去？你们如何从"领读者"自然觉醒为"领跑者"呢？刚才的视频里，我关注到了一个细节，当业主提出小区跑步会带来一定影响和有人坚持不下去的时候，一个家长大朋友以"护航者"的身份，让大家在现场做了一个自主"选择"，这样的教育方式无疑是伟大的，无疑是光亮的，无疑是正确的！正因为这样的方式引领出了"润枫水尚"这块水一样的教育地图里，能够长出一片片绿植，长出一块万物茂盛的"样子"。

今天的润枫少年读书会是孩子和家长们自发自主组织的，是一个基于社区的暑期活动启动仪式，也是光明日报社旗舰下的"光明读书会"支持下的一个新的社区拓展活动，更是凝聚了一个伟大的主题：我爱我的祖国。我作为润丰学校的校长，对于读书阅读一直是积极的倡导者、践行人。2006年的新华书店连一本国学类少儿读本书籍都没有，但我没有放弃，带领孩子们每天放学出门吟诵《弟子规》《三字经》等国学经典，引来了当时家长、社会和同行的"高度好奇"和"议论纷纷"，成为当时城市社区中心的一道亮丽的风景！今天想来，也许这就是我和大家之于阅读的一种天然的家校社区"缘分"！今年的4月23日润丰本应依照惯例开启读书节活动，但调整了原来的活动安排。关于这次读书节，我是在原有传承上有创新的，既有同学们喜爱的线下读书漂流活动，也有新颖的线上读书分享会，正如刚才这几个同学分享的，连马上就入学的陈钰霖同学，小小年纪就已经开始看世界绘本了，心之大，大到世界，这就叫少年之志呀！没有这样一种少年之志，毛泽东何以从那个偏远的湘潭小山村走出大山，走向全中国、走向世界，成为中华民族的伟人？这少年之志由何而来？正是因为他一生挚爱读书，在书里面读出了中国的苦难，读出了伟大的志向，读出了广阔的新时代。所以我们也要读书，读出作为中国人的那一颗追求民族复兴之心、中华富强之心！

习近平总书记提出三个读："爱读书、读好书、善读书。"我就以这三个点，再来说三句话。

一、上善若水，爱读书的姿样

道德经就讲过："上善若水，水善利万物而不争，此乃谦下之德也；故江海所以能为百谷王者，以其善下之，则能为百谷王。天下莫柔弱于水，而攻坚强者莫之能胜，此乃柔德；故柔之胜刚，弱之胜强坚。因其无有，故能入于无之间，由此可知不言之教、无为之益也。"这里的"上善若水"是指最高境界的善行，就像水的品性一样，泽被万物而不争名利。"上善"就是最完美，"若水"是避高趋下，是一种谦逊，奔流到海是一种追求，刚柔相济是一种能力，海纳百川是一种大度，滴水穿石是一种毅力，洗涤污淖是一种奉献，正好跟润枫水尚巧合天成。所以我刚才解读为什么叫诚者自成，因为有天道、有地道、有人道，天地人合一体，就为上善若水。水是因形所行，但是它目标专注、所向披靡。因此这上善若水是"爱读书"的姿样。

二、经典隽永，读好书的选样

为什么要"读好书"呢？经典隽永是读好书的"选样"，"选"是选择的选。现在书有很多，包罗万象，良莠不齐，读什么书最好？好书的第一标志是什么？那就是"经典"，因为经典是经过几百年几千年的时间沉淀的，是经过历史见证、风雨洗礼的，它拥有文明的价值，它是隽永永恒的。因此，同学们要站在前人的肩膀上，读经典、爱经典。当然，首先要把中国的优秀经典读好，所以我特别欣赏刚才同学们现场诵读的《大学》，《大学》就是代表中国的伟大经典之作之一。

三、人生书写，善读书的模样

今天我看到润枫少年读书会的"知行合一"，这正是我要说的:人生书写应该是"善读书"的模样。什么是"善读书"？说的就是怎样读书最有效，怎样读书能读出味道，读书是为了什么。读书方法、读书技巧、读书水平等成为你能不能成为一个读书俊俏的好模样、伟大光明的好模样的关键问题。

这里，我作为校长，想和你们这批自主读书会的先行者、创新者的同学再次强调我在今年学校读书节启动会上的号召——小小年纪，要学会"记录"人生，从"记录"你们的暑期读书活动开始，要学着"写书"。倡议我们润枫少年读书会的成员率先在"爱读书、想读书、读好书、读经典"的基础之上，向"学写书、敢写书"方向去做，争做"未来小作家"，希望你们及时记录自己读书过程中的高光时刻。就如今天的读书启动式，就很精彩感人，就很丰富生动，就很深刻隽永。你们都是参与者、见证者、体验者，回去把你们在此过程中所见所闻、所感所悟、所思所想记录下来，形成文字，成篇成章，假以时日，你的一本"书"就长成了、写成了，你就会自然而然地成为伟大的"小作家"！这将是十分了不起的伟大工程。当然，你可以日积月累，记录你的亲身经历，也可以发挥想象，写你的幻想世界、童话小说，只要你写得出来。写作的过程中遇到了各种问题，你都能够寻找经典参考，都能够寻找专家帮助，都能够寻找大人支持，你就成了一个真正"会读书"的人，不再是"读死书、死读书"，而是"善读书、会读书"了。把读写结合起来，把读用结合起来，把读书跟其他学科融通起来，是教育部4月21日颁布的新课标所倡导的方向，这就是今天我大力倡导的"书写人生才是善读书的最好模样"的要义所在！

这样的读书会，我一定要来出席，而且一定要给大家做讲话，还一定要进行一个有内涵、有想法的讲话，就是在表达一种支持，一种认可，一种鼓舞，一种跟大家身心共行、共建共享的期待！我将以饱满的热情、伟大的拥抱，与你们一起出发！因为这就是我期待已久，应然而然的境界呀！就在润枫社区，就在润枫这方土地，就在以润枫为主体的各位——像光明出版社邓永标总编辑，光明读书会宣传部邓慧超主任、综合部李润玙主任，像中华儿童慈善基金会郭志刚主任，青年路社区宋亚玲副书记，润丰学校付蓝冰主任等长辈、老师和各界社会同人大朋友的热心关爱、积极参与、大力支持！令人感动，令人敬仰！

学校教育永远是家校社协同的共同体，唯有如此，教育才会走向更好的明天。针对去年开始的"双减"新政，学校迅速启动了课后服务课程化工作，分别是"五五课程"和"双百课程"，其中"双百课程"就是邀请百名家长走进百节课堂，让百位社会名人走进百节课堂，丰富新十年学校高质量发展的课程体系，形成润丰学校校内校外、家里家外、国内国外各个方面课程教学的和谐共生。

社区公园——"润青湖"，也已纳入学校的一块课程生态园的创生视域，还有未来平房乡的郊野大森林公园、北京湿地大森林，也将成为同学们未来领读者的大课堂、领跑者的野营地、风餐露宿的夙夜天文气象观测点……一切皆课程也，一切皆教育也！

同学们，家长们！润丰学校永远是你们的精神港湾，社区永远是润丰学校伟大的后盾，我们以此为荣。当然，全体润丰人也有一个励志目标，那就让润枫的房子更增值，让润枫少年的未来人生更增值，让润枫少年读书会的创始人们、首营团员们更增值！相信在领读者、领跑者、护航者的共同努力之下，一定会创生出水尚润枫自主少年一个个伟大光明的帅气模样！一批批才华横溢的明星巨匠！

成长就是美的相遇

——在润枫少年读书会教师节活动上的讲话（1）
（2022年9月）

成长是美的相遇，这是为什么呢？今天是21世纪百年当中只有3次的教师节和中秋节的"相遇"的日子。看来人生的许多"相遇"不容易，在人生相遇旅程中，在"教师节"和"中秋节"相遇的时候，"润枫少年读书会"举行了"师恩似海，师恩难忘"的"我和我的老师"主题演讲分享，这就成为今年这个"中秋节"别有意义的一个"相遇"。这个"相遇"恰恰是"双节"的魅力所在！这就是"美的相遇"！

利用今天这个机会，我再就说说"相遇成长"的三个小话题。

一、"双节"就是一种感恩的相遇

首先，今天的"双节"是两个节日的自然相遇。传统的中秋佳节的主角是"月亮"。其实，每天都有月亮，每天晚上都有月亮，只不过一个月当中有圆月，有弯月，甚至还有看不着的那一天。但是世界各地总有一个地方看到圆的月亮，请注意这个细节。所以，当月亮跟任何人、事、物在一起相遇的时候，都会产生许多自然人文奇观。在地球的北半球，在北半球的中国，当秋高气爽的时候，就能看到最大最圆月亮的美丽光景。而一年四季当中，中国人看到的最大最圆最亮也是最美丽的那一天的月亮，正好在八月十五。所以古人可能就把这个日子当成一个很团圆很美好的日子，于是中秋节就成了游子回家、全家团圆相聚的节日，长此以往，就成了传统的中秋节。中秋节是农历的八月十五这一天，也自然会遇到很多公历的节日时间，就如今年2022年的中国的教师节，是在9月10日，恰巧与农历的中秋节重合在同一天，这就是"双节"的自然相遇！

其次，今天的"双节"本质上也是一个人文的情感相遇。古代北宋的政治家、文学家苏轼就有《水调歌头》："明月几时有？把酒问青天。不知天上宫阙，今夕是何年。我欲乘风归去，又恐琼楼玉宇，高处不胜寒。起舞弄清影，何似在人间。转朱阁，低绮户，照无眠。不应有恨，何事长向别时圆？人有悲欢离合，月有阴晴圆缺，此事古难全。但愿人长久，千里共婵娟。"像这样的中秋望月怀人之作，既表达了对亲人无限思念和对与家人团圆团聚的渴望，也抒发了不畏挫折失意、穷通进退的忧思情愫。

回到当代的今天，这样的"双节"相遇就有了新的特殊情感了，那是什么呢？就是有一种感恩之心、感恩之情，我们会在这个节日里，感谢老师！正如两个小主持人说的，这个时候大家不由得想到老师的付出，想到老师的恩情。这次"润枫少年读书会"的"我和我的老师"主题就是生动地彰显了你们懂得感恩的好素养好品质。因此，作为老师，我特别高兴有这样一个让两个节日相遇的机会，成就了美好的师生情感互动、感恩生成。这是一种今年"双节"合一最亮丽的情感相遇！

二、学校就是一种文明的相遇

同学们试想一下，过去很多人没机会读书，成了文盲，现在中国人生活好了，条件好了，学校越来越多。同学们，你们上幼儿园，特别是进入小学、中学，就开始真正地学习了。你们学习的是什么？学知识、学文化、学本领，其实就是学文明。因此，学校就成了我们相遇文明的地方，学习了文明，你才是一个真正有用的人才，因此每个人都要上学，学校就是你们相遇文明的最好地方。

我和邓伯伯都是上学后才有了"文明"的本事的。我相信同学们走进润丰来学习，再从润丰走出去，走到高中、大学，等你们走到更高更远的学校学习后，你们的文明水平一定更高，你们文明的本领一定更大。刚才邓伯伯说，两个节日再相遇大约是在2049年以后，那时候，我和邓伯伯，如果再加个二三十年的话，可能就八九十岁了，已经有"老态龙钟"的感觉了，比我们年龄还大的就不一定能见到第二个"双节"相遇了，而你们在座的同学们年龄正好四五十岁，能够见到百年中两次"双节"相遇，就更难得了，所以，在学生时代的"教师节""中秋节"的相遇要十分珍惜。

三、人生就是一种美好的相遇

人要活一辈子，会长大，会变老，人生就是一种美好的相遇。同学们，宇宙是好神奇的，但是目前我们只发现一个有生命的星球，那就是地球。你们看我手里面抓的这一粒灰尘，如果这个房间是一个小宇宙的话，它就相当于更小的微尘，是不是很小？但是就在这很小的地球上，就有了生命的奇迹。这种生命的奇迹，目前在宇宙只发现了一个，还没发现第二个。在这地球上涌入这么多的生物、动物、植物、微生物，特别是人类，最灵长的，因此人生太难得了。同学们，你们拥有无限的生命力，拥有无穷的能量，因此，你们这样的读书会，这样的自主学习，这样的"我和我的老师的'双节'"主题分享就是人生的精彩设计。据我了解，这次活动又是你们自己的策划。我很高兴你们"小主人"的自主创意，你们的未来人生会更美好。

最感动、最幸福、最美好的时刻

——在润枫少年读书会教师节活动上的讲话（2）
（2022 年 9 月）

同学们，家长们，今天的"双节"真是一个难忘的经历！特别是2022年在润枫水尚的社区活动室再一次跟大家在一起过这个节日，这是我最感动、最幸福、最美好的时刻！

因为我再一次看到，你们润枫好少年"自主光明伟大的样子"的又一次精彩展示。跟上一次比，你们更成熟了；跟上一次比，你们更精彩了；跟上一次比，你们更有内涵了！刚才10多名同学的回味"我和我的教师"的故事，是你们的真情表达，是你们跟老师、学校、家庭相遇的成长的故事，这是最美的故事！

两名主持人陈钰涵、裴语菲同学落落大方，准备很充分，主持很精彩，现场也很机灵，有主持人的范儿。

刚刚开头的陈钰霖同学可不得了，才上一年级不到两周时间，在这次祝福教师班级视频里是第一个出场，今天现场的分享又是第一个发言，而且讲得是相当流畅，我记得上次你在读书分享会上看的是世界绘本，今天你讲的是你幼儿园时的王老师和到润丰学校之后遇到的蒋老师，讲得那么精细，真是有心人哪，你的眼睛观察世界可真有眼光、眼力！

我也看到吴优同学，今天你来参加，我特别高兴，作为五年级的学生，而且是学校的学生干部，今天能够带着这些小朋友、学弟学妹，有组织领导力。国家发展了、发达了、富强了，更需要像你这样的各界精英，少年时代的男生、女生。

还有一个小男孩尚子恩，你讲得更感人，你说："老师对我最好！"这是强大的自信，一个在学校老师安排座位的小细节，实际上是老师对你的厚爱。我作为学校老师，我也很感动这个细节，子恩小朋友回家之后跟爸爸妈妈讲这个座位事情时，家长给孩子教育正能量正方向的引领相当到位，为你和你的爸爸妈妈点赞！

这就是学校、家庭和社会共育孩子成长，每一个生活中自然生成的小事件都是教育的大事件。今天你们过这样的中秋节和教师节，太有意义了，也太有价值了！

最后，我有两个小小建议。第一，每个人回去把今天的发言文字整理下来。第二，每个人今天写一篇小随文小随感：听邓伯伯讲什么，受到什么启发；听别的同学讲什么，受到什么启发；听张校长讲了有什么，有什么启发。记录下来，也为你们的"未来小作家"的作品集积累素材。刚才我也跟相关的老师和班主任都打了招呼，包括学校公众号的主编，我建议把你们这次活动整理一下，包括你们分享的精彩故事全都推荐出去。朝阳教育公众号正在征集学生作品，就是要学生去讲老师的故事，我看你们这几个都挺优秀的，回去好好加工，这些文章保底在学校公众号上面发表，学校公众号可以给你们单独立篇，作系列发表。

再次祝贺各位家长，小朋友们和直播平台的老师们、朋友们，中秋节快乐！教师节快乐！"双节"快乐！也再次代表全校领导、老师，向众多小朋友对润丰学校老师的故事分享给予鼓励表扬，代他们向你们表示感谢！

AI时代：争做英语口语小主人

——在2023年北京市润丰学校首届"英语口语节"开幕式致辞
（2023年2月）

今天是学校2023年首届"英语口语节"开幕式，刚才孙副校长代表学校和学校英语大学部就首届"英语口语节"的方案做了解读，更可喜的是，五年级（4）班的陈彦汐同学、袁睦然同学，八年级（2）班的肖景文同学等3名同学能够在开幕式上做英语口语的示范展示。同时，八年级的同学也向全校同学发出了号召倡议，在此我代表学校领导班子向首届英语口语节的开幕表示热烈的祝贺！我有四句话要送给在座所有的师生。

一、英语口语要大声说出来

随着人工智能、元宇宙的迅猛发展，以及ChatGPT的火爆出圈，带来了哪些深刻反思？英语作为工具，它的翻译功能随着智能化将越来越强劲，人类需要做些什么？口语的交际就是需要拓展的空间，未来，人与人之间的口语交际尤为重要。所以，"亮开嗓子，大声说出来"，要成为每个同学迎接这次首届英语口语节的一个"起手式"，一道"必过坎"。

二、英语口语要大胆讲出来

本次英语口语节设置了很多展评项目，有英语歌曲，有英语故事，有英语朗诵，有英语戏剧，还有其他各类英语口语的表达方式，需要同学们大胆讲出来，需要同学们敢于展示自己的口语天赋、口语能力、口语潜能，一切只要你大胆把口腔打开、把头脑打开、把心灵打开，就一定能够演活一个又一个经典戏剧人物。

三、英语口语要大战赛起来

首届英语口语节设置了面向全体同学、团队同学、个性化同学的展示，可以把去年和今年戏剧节当中的"9+9"经典戏剧演出来，以班级为单位进行PK，同时也将举行学生个体和小组的竞赛，所有的比赛都评出个人奖，并纳入班级总积分，评出团体和个人一、二、三等奖，这就是赛出来！通过比赛，通过竞争，通过展示，能够让大家把自己的特长优势都展现出来！

四、英语口语要大美亮起来

自信地走向新世界，中国要充满自强的意识，中国必将走向世界舞台的正中央。代表未来AI时代的中国未来新少年就要落落大方，就要把每个人最美的风采都展示出来、亮现出来，展示未来作为世界卓越者和领导者，作为全球贡献者应有的中国人的靓丽风采。

首届英语口语节只是开始，期待同学们在AI时代，争做英语口语的小主人，真正拓展口语交际、视域国际文化。预祝首届"英语口语节"圆满成功，也期待闭幕式时表彰颁奖的激动空间、荣耀时刻！也期待同学们双语口语优秀节目的盛装舞步、精彩演绎！

国际之声：让我们一起走向世界舞台正中央

——在2023年北京市润丰学校首届"英语口语节"闭幕式致辞
（2023年2月）

今天对于润丰来说，对于润丰的每一个人来说，都是一个特殊的日子，是一个光荣的日子，是一个会被记入润丰校史的日子，是一个值得永远记住的日子！因为，我们马上要展示自己的英语能力，我们要演绎经典，我们要进行双语口语交际，我们更要视域国际文化，讲好中国故事，传播优秀中华文化。

同学们、老师们，润丰学校十四五和新十年发展"质量强校"的号角已经吹响！步入新时代，同学们的校园生活无比精彩，围绕德智体美劳全面发展。在"双减"时代以及"三新"背景下，成长成才之路究竟如何才能更加阳光灿烂、走向辉煌？今天在这里举行北京市润丰学校2023年"国际之声"首届英语口语阶段闭幕式及颁奖典礼，并将现场对九个年级代表的"英语口语节"优秀节目进行展评活动，相信能找到很好的答案。

在此，我首先代表学校向一个月来付出艰苦劳动的老师们、家长们、社会各界的朋友们表示衷心的感谢！英语口语节期间，同学们全员参与、各个展示，进行了精彩演绎，在这样的节庆课程当中，学习成长并获得了优异的成绩，向他们表示热烈的祝贺！

借今天这样的机会，我想做一个发言，主题就是"国际之声：让我们一起走向世界舞台正中央"。同学们，我们都知道2049年这样光辉的日子，描绘了第二个百年奋斗目标的发展路程，这个路程就是实现中华民族伟大复兴，伟大复兴的标志就是中国要走进世界舞台的中央，那时候在座的同学就是主力军、顶梁柱。因此，从这个意义上来讲，我想送大家三句话。

一、视域国际，AI时代中国少年的世界眼光

走向世界的舞台正中央，就需要当下的少年要有全球意识、国际视野，要立

足中国、放眼世界，这也正是习近平总书记多次提出的，要建设人类命运共同体。在中华民族的优秀传统文化中，先人就有"天下为公，世界大同"的大格局，大眼光、大达观、大世界的意识。同学们，时代的发展让你们、让我们都成为这种可能的传承者以及见证者。中国少年的世界眼光就要发出这种国际之声。因此，随着人工智能的迅猛发展，AI时代的语言交际、比较学习、文明互鉴等都将会成为中国少年视域国际的世界眼光的关键词。

二、口语交际，GPT时代无可替代的核心素养

大一点的同学或者更多的家长和社会朋友们都知道近两个月来ChatGPT火爆出圈，它可以替代人类做很多过去想都不敢想的事，那问题就来了，这个科技发展现象值得深思，说明创新精神的培养要从小做起，从我做起。如果说未来机器能够做的事都交给智能机器人来做，对于当下和未来的职业的选择，哪些是机器难以替代的事情呢？我认为是口语交际，这可能是机器暂时无法替代的。英语新中考、英语新高考为什么增加了更多的听力和口述部分？实际上就是一个导向，随着当下的ChatGPT时代的超级AI的迅猛到来，口语交际仍然是未来的核心素养，这也是中国"走向世界舞台中央"的一个基本功，是一个"国际之声"的重要利器。

时代在发展，科技在进步，在国际交际上，需要拥有越来越强的双语口语交际能力。因此，学校首届英语口语节定位在"口语"上，这是对同学们的殷殷期待和鲜明导向。

三、创意无际，"元宇宙"时代的优势互补

同学们、老师们，随着科技发明，机器不能做的是什么？是创意，是创造，是创新，是人类的那份情感，包括人类内心道德的真善美的追求。在未来元宇宙时代，虚实相生、真假相容，各种未知现象都将随着时代的发展不断出现。因此，元宇宙时代，更需要"拔尖创新人才"的那个"创造"的种子，让"创新"的能力在你们学生时代滋滋成长。

如果说一定要有强有力的中国人的国际之声的话，那我们还需要不断变革，不断学习。热爱学习，善于学习，是中华民族一直以来传承下来的，最大的传统

美德，要不断地学习先进思想、先进技术，不可妄自菲薄，不可盲目自大，要善于优势互补，要学习世界最先进的科技文化思想。要海纳百川，有容乃大。既然要有容乃大，那么空间是什么？就是创意的无边无际、创新的无穷无尽，尤其是同学们"敢问想问、善问会问、自解自问"的"问学"精神和"问学"能力，因为好奇心和好问是创新的源头活水，"学以致用"已经不完全够了，要"用以致问"。

在"运用旧知、学习新知、追寻未知"的世界当中，一定要真正走出中国少年的刚劲步伐，成为拔尖创新人才，在宝贵的学生时代播下一个又一个创造的"种子"，一个又一个创意无际的"金点子"。只有这样，你们在未来元宇宙时代的世界舞台正中央才是不可战胜的！因为，具有原创实力的创新立国才是真正的强国，国家才能够实现中华民族伟大复兴。

书香之美：拔尖创新人才新境界

——2023年"书香之美"第十一届"阅读写作节"闭幕式暨第十一届
"文化艺术节"开幕式致辞
（2023年4月）

四月好春光，校园书芬芳。五一长假前夕我们举行了北京市润丰学校2023年"书香之美"第十一届"阅读写作节"闭幕式和第十一届"文化艺术节"的开幕式，这次的开闭幕式大主题是"书香阅读书写经典人生　艺术靓丽美化大千世界"。我想利用今天这个机会，与大家分享我的体会和感受。

一、追问"两个"新观念

（一）"书香之美"，美在哪里？美在创作——作文

什么叫拔尖创新人才？刘姥姥一共进了几次大观园？三次？两次？一次？这是过去高考考《红楼梦》的"死知识"的考法。现在新高考再考《红楼梦》会让同学们用花来表示书中女性的人物形象，这是"活知识"的考法。花与金陵十二钗的女性，各有性格特点，各有美的形象，这样关联类比、触类旁通的问题在书中是没有标准且唯一的答案的。因此"书香之美"，美在什么？美在创作，具体体现在大家作文的水平、写作的能力、思维的深度。

（二）"艺术之美"，美在哪里？美在文化——作品

今天是"阅读写作节"的闭幕式，也是"文化艺术节"的开幕式，如何展现出第十一届"文化艺术节"的特色呢？也要进行思考，这个文化的体现是什么？是创意的作品，创意的节目，这是根本。所以我认为，"大美"有形，形在读写，形在形象；同样，"大美"又无形，无形之美，在于创造，在于创新。"书香之美"和"艺术之美"来自同样的根源，拥有同样美的境界，那就是指向拔尖创业人才培养的新境界。

二、追求"三个"新境界

境界有哪几种呢？见山是山，见水是水，是第一境界。读完之后，表达之后的山不是山，水不是水，是第二种境界。那么，最高境界是什么？是山还是那座山，水还是那个水，但此时的山水有形又无形，是被你内化、深化创作出来的带有原来韵味，却也具有创新的新的山、新的水，这时的你就拥有了最高境界，也就是新境界。

下面，我想用三句话来表达对"阅读写作节"的总结和对"文化艺术节"的期待。

（一）读写书香，美妙经典人生观——美在思想

1. 这体现了两个观念

一是读写赋能。我们把传统的"读书节"细化为"阅读写作节"，赋予了其新内涵。"读书节"的"读"是阅读，"读书节"的"书"是书写，这里"书"字不仅仅是名词，更是动词。读写是赋能的，只有输入没有输出，只有赋入没有赋出，不是拔尖创新型人才培养的目标和方式，也不是同学们要去简单记忆和模仿的东西。知识竞赛之中记忆的东西，已有人工智能时代的很多技术特别是ChatG-PT已经可以替代了，现在更多的是指向什么。是指向"爱读书　读好书　学写书　善写书"，这是学校这次"阅读写作节"倡导的理念，也是习近平总书记去年4月23日在致首届全民阅读大会的贺信中的谆谆教诲、殷殷嘱托："希望全社会都参与到阅读中来，形成爱读书、读好书、善读书的浓厚氛围。"因此，先读后写真拔尖，写后再读善创新，这是学校给予大家的一个新观念、新目标。

我今天还很在意最后关于"文化艺术节"开幕式的两个发言和歌舞展示节目，尤其是歌舞展示节目，它带有创意，带有组合融通之后的创造。关于艺术，如果永远只是临摹、模仿，那不是我们要追求的目标。我希望"文化艺术节"可以很好地展示出大家的融合融通、创意创造，这是学校对大家的一种新理念、新导向。

二是美妙姿样。在校园里，最美的姿态是读书，更美的模样是写书。刚才在表彰的一系列竞赛当中，很多同学都在读写作文上取得了很好的成绩，我向大家

表示祝贺，特别是其中很多是现场生成的作品，希望能够保持，更希望同学们能够善于写出自己的故事，能够形成自己的作品集，甚至是小说连载，这不是不可能的事情。作为学校拔尖创新的高标准，要用这一点来创生大家的新未来。

2. 这次我们还有两个新行动

一是增加"学科大竞赛"。尤其是小学学段，结合语数英进行了文理结合、学科融合，体现了学科之美，值得提倡，值得点赞。

二是争做"未来小作家"。每个同学平时的日记本、读后感、童话创作、校园写实、想象作文、优秀作品，都有希望能够形成作品集，目前来说我看到的还不太多，有点遗憾，但我希望在未来的日子里大家能够走出一片新天地，能够真正把这样的拔尖创新导向落地生根。为什么学校要把原来的"读书节"变为"阅读写作节"？这就是理念的转变，是老师和同学们都要做到的理念转型升级。我相信同学们的潜能，更相信大家只要解放思想、放手动员，创机会、搭平台，就一定能够展现出自己的才华，学校也期待大家后续的新行动、新成果。

（二）艺术芳香，美化大千世界观——美在形象

学校"五五课程"指向的第一个五是德智体美劳全面发展，这其中有两点。

一是"各美其美"的机会。学校要为大家去搭建各类艺术的平台，如美术、舞蹈、书法、器乐、音乐、歌唱等，让润丰的每一个人身上都有展示美、欣赏美、创造美的种子，这是大家"各美其美"之时，学校给予大家展示的平台。"文化艺术节"就是这样的平台之一，这是一个美好的平台，更是一个竞争的平台，大家在PK中，在竞合中，尽情展示自己，收获奖项。

二是"美美与共"的舞台。希望全体同学，全员参与，层层竞争，精英夺冠，这个夺冠是基于每一个同学自己现有基础的大胆展示和积极参与，是通过竞争PK之后发现自己新特长的过程。

"艺术芳香"如何在"文化艺术节"当中展现？同学们可以利用课后服务、家庭、学校、社会的资源，从小练就。学校只是给你搭建一个平台，赋予一种表彰，这样就让大家的作品、大家的艺术形象，都化为美的使者。无论用声音、用双手、用身体，只要能够展示美、创生美，那就都是这大千世界的真正之美。这

是一种观念，也是一种观察，更是一种形象的塑造。

（三）国色天香，美成未来价值观——美在创造

一是国色天香——心形合一。美在创造，"书香之美"如此，"艺术之美"也是如此。隽永之美，就要体现大美无形胜有形、大美有形又无形的一种中国古老哲学的时代新境界。因此读写是一种新旧思想的转换，要把看得见、想得出的都写出来，形成自己独特的个人或者团队作品。艺术是一种行为创造，要把看得见、听得见的都演出来，这就叫"心形合一"。

二是天性潜能——跨界融创。这里用两句话给这次活动做总结，也对下一次活动有期待。第一句话是实现第二个百年奋斗目标，一定要能够培养出能解决"卡脖子"问题的人才，要有原创精神，要把跨界融通中产生创造，作为第一主题、唯一主题、最大主题。第二句话是只有大家在校园里争做最美的书香小主人，争做最美的艺术小主人，才能够在以后成为担当未来国家强盛，民族复兴的创造、创新、创意的大主人。

最后，再次热烈祝贺本届"阅读写作节"圆满成功！也预祝大家在"文化艺术节"中，再展风采。期待5月30日本届"文化艺术节"闭幕式的颁奖典礼上再为大家颁奖，欣赏有各类"艺术之美"的优秀获奖作品和"拔尖创新人才"新境界的精彩展演！

艺术之韵：你们是新时代拔尖创新人才的美育形象大使

——2023"艺术之韵"第十一届文化艺术节闭幕式展演暨庆"六一"大会致辞
（2023 年 6 月）

今天在这里举行 2023 年北京市润丰学校 "艺术之韵"第十一届校园文化艺术节闭幕式展演暨庆"六一"大会。在此我代表学校领导班子向全体同学，向全体小朋友致以最热烈的"六一"节日祝贺！对本次"艺术之韵"艺术节闭幕式展演表示热烈祝贺！预祝展演活动圆满成功！对一个月来积极参与艺术节各个项目选拔、训练、排练、加工、彩排的各位同学、老师、家长和社会各界朋友表示衷心的感谢和崇高的敬意！我有三句话与大家分享。

一、"美少年"是什么

"美少年"就是习近平总书记对"新时代好儿童"的殷殷期待。

今年 5 月 31 日，六一儿童节前夕，习近平总书记来到了北京育英学校，察看了育英学校的校园环境。他去到了课堂，去到了办公室，去到了学校农场，跟师生代表亲切交谈。习近平总书记强调："新时代中国儿童应该是有志向、有梦想，爱学习、爱劳动，懂感恩、懂友善，敢创新、敢奋斗，德智体美劳全面发展的好儿童。希望同学们立志为强国建设、民族复兴而读书，不负家长期望，不负党和人民期待。"同学们，大家就要做这样的中国"好儿童美少年"。具备"两有"，有志向，有梦想，这是新时代"好儿童美少年"的格局之美。心怀"两爱"，爱学习，爱劳动，这是新时代"好儿童美少年"的劳动之美。因为某种意义上讲，学习也是一种智力劳动。习近平总书记在农场中对同学们说，要做到认识自然，了解自然，不能做"五谷不分，四体不勤"的人。在习近平总书记眼里，新时代的"好儿童"是具有高级劳动、自然劳动的劳动之美的"好儿童美少年"。做到"两懂"，懂感恩，懂友善，这是新时代"好儿童美少年"的真情之美，孝敬父母，友善他人是新时代"好少年"的立德所在。学校的这次活动，十几个社团代表的表演，都凝聚了同学、老师、家长和社会一起的努力，每一个节目的精彩展示都奏响着一曲大家共同进行爱的奉献的歌。这种爱的情感的美就是"人间大美"。力争"两敢"，敢创新，敢奋斗，这是新时代"好儿童美少年"的创造之美，唯有敢于拔尖，敢于创新，敢于做别人没想到、别的国家没做成的、具有原创性智慧的项目的奋斗拔尖的人才，才是习近平总书记口中的新时代"好儿童"，这也是习近平总书记最新最强烈的深情嘱托和殷殷期待。我分享这一段既是习近平总书记对同学们的最新要求，更是学校这次"艺术之韵"艺术节展演和"庆六一"大会的主题灵魂！

二、"美行动"是什么

"美行动"就是新十年润丰学校"艺术节好文化"的人人舞台。

5月份艺术节的开幕式是乘着四月底"阅读写作节"的闭幕式同时开幕启动的，而这次"文化艺术节"的闭幕式展演，又和"庆六一"的活动自然相连，整合在了一起。为什么要这么做呢？因为整个5月份就是大家"美行动"的时空啊！在这一个月里面，每个同学都以不同的方式参加了包括音乐、舞蹈、器乐、美术、书画、戏曲乃至影视方面的推荐、选拔、训练、竞赛、展示。以书画美术作品为例，个个参加，人人创作，层层选拔。艺术教育、美育课程在去年颁布的新课程方案和新标准当中，在原有的音乐、美术、舞蹈上面又增加了戏曲、戏剧、影视、书法等，这样众多艺术内容和形式，其实是古今中外，特别是中华优秀传统文化在我们新一代润丰少年身上应该展现出来的"人人精彩"。

也正因为同学们在这样的选拔过程当中、精心训练中，认真付出了，尤其是在课内和课后相结合的社团活动和课后服务艺术课程，倾情投入了，所以才会有更多的同学们积极参加进了艺术项目之中，而且还自主开发了很多新的项目。就比如节目单当中，除了学校传统的管乐合奏、打击乐演奏、中小学的合唱、尤克里里演奏、钢琴独奏、歌舞之外，还有话剧、昆曲、啦啦操、服装表演等，看着这些，我特别高兴，这些就是"美"的实实在在的"行动"啊！这些就是"好艺术、好文化"的人人精彩啊！这些就是能够让你们成为"美育形象大使"的广阔舞台呀！正如开场的管乐合奏《中国风组曲》《木林序曲》展演，气势非凡，引人注目！

三、"美风采"是什么

"美风采"就是新时代拔尖创新"新人才好未来"的个个精彩。

党的二十大向我们发出号召，要"造就拔尖创新人才"。习近平总书记在六一前夕提出"新时代中国好儿童"的新期待，他最后所说的"敢创新，敢奋斗"，为谁奋斗？为民族复兴、为强国建设而奋斗！这是大美，这是大格局，这是大风采、美风采！因此，"拔尖创新"需要"五育并举"方面的突破口。

我在今天的讲话之前，也做了一点小功课，了解了部分同学参与这次艺术节活动备赛展演背后的故事，来验证我刚才所说的"拔尖创新"的"新人才好未来"。比如说这次钢琴独奏的七年级（2）班的胡义方同学，就是音乐方面的一个"拔尖创新人才"。既然能够经过层层选拔，被最终选中表演钢琴独奏，我认为他就完全可以通过音乐这个窗口，成为全面发展的拔尖创新"新人才"的一个亮点。因为"老天"既然为他打开了这扇美育窗口，就是让他成为最美的使者。那么以此窗口为基础，他就完全有可能成为德智体美劳各个方向都优秀的更美丽的形象大使，我们祝福他接下来的表演成功，未来更加精进！再比如，八年级（1）班的沈若烯同学，她也是"钢伴"，虽然她的学习成绩暂时只处于中上等，但是我相信她既然能够在音乐课上进行即兴伴奏，就也完全可以将音乐美育这方面作为实现德智体美劳五育全优秀的一个突破口，并最终成为拔尖创新人才的未来大成者！

另外还有很多目前学业成绩就不错的，像中学部的李羽桧、张馨月、高黄雨寒等同学，他们参与的积极性非常高，他们的学习成绩也在班级、年级名列前茅，在学业这么繁重的情况下，仍然可以平衡统筹好时间，在高效完成学习，确保成绩不降的同时，出色地统筹艺术节的一切事宜，这真是太了不起了！他们是怎么做到的呢？我也做了了解，是不是因为参加这个节目，他们作业就少了，成绩就下降了？没有！他们抓紧了一切时间，直到昨天晚上我在巡视七、八年级晚自修的时候，都还看到一些女同学在"天光"美术教室为他们的节目，也就是本次大会最后压轴的节目四季服装表演在进行最后的美化加工。为什么要以这个节目作为最后的表演？因为这个节目所有的服装，都是同学们在高效率的时间内自己设计、自己思考、自己制作的，这个节目整个的过程，也是同学们自己安排、自己统筹、自己创意的，他们是自己的设计师、小模特，我相信他们也一定能够成为未来自主的拔尖创新人才！提前祝贺他们的精彩演绎！

同学们，这次艺术节的闭幕式展演，中学部的优秀代表、小学部的全员参与，都让我特别感动！艺术大学部汪亚男部长以及学部内所有的美术、音乐老师团结协作，补台补位；小学部孙凤颖副校长、程咏梅主任，还有中学部陈慧平主任等各位干部老师的积极组织、大力加持和倾情付出，更有40多位家长志愿者，自愿成为此次活动的化妆师、摄像师、摄影师等，为活动增光添彩，为美的风采、美的形象再做贡献！这就是"家校社一体化"的完美杰作！这样的拔尖创新人才才是习近平总书记所说的德智体美劳全面发展的"好儿童"，才是新课标新素养倡导的跨学科融通的新时代"美少年"，才是未来祖国最强脊梁和最美风采！

决胜人生第一考：满分必争，强校有我

——在2022学年度第二学期中考誓师大会上的寄语
（2023年6月）

今天参加九年级的中考动员会，心中真是百感交集，回首往昔，历历在目。有缘的是3年前的2020年，我和大家同时期来到了润丰学校，自我任职以来，和大家一起学习生活，3年来，我见证了你们这一届的成长，对你们有很多的期待，今天这样一种赠言，是这次中考前夕、送考前夕的再一次，也是最后一次的集体宣誓，人生需要这样关键时刻的具有仪式感的心理经历。刚才九年级的任课教师为你们赠言，八年级的学弟学妹们为你们赠言，这一届的校区主管、中学部主管、校长助理刘曦，也以一个考生家长的身份为你们赠言！那么现在，此时此刻，我在这里代表学校领导班子向同学们赠言。我想改变一下我以前给大家讲话的范式——带有一定的格式或者模块的，我想用几句"俗词常语"来表达中考前一种自然应得的建言、殷切必得的祝愿和轻松获得的氛围。

一、"人生第一考"——珍惜人生第一考

人生有很多的考试，但真正意义自己做主的考试，会对未来人生带来重要分流、分向的一次考试就是中考。小学的入学，初中的入学都不是以分数为主要依据的。中考将开启人生的第一次大考，从此还将开启若干次，特别是高考，还有未来的择业考试，都是尤为重要的。就算以后，你拿到了博士、博士后的文凭，也仍然要通过考分来实现你的入职初选。所以人生第一考的意义就在于，它是第一次。这样的第一次要倍加珍惜，要视为珍宝。要让这样的第一次，成为人生成功的体验、理念成功的体验和实践成功的体验。

二、"决胜"——决胜中考创历史

注意，我没有用"决战"，而用的是"决胜"！"决胜"就是"决战"的结果导向，就是胜利者。既是你个人的胜利，也是班级的胜利，更是全校的胜利。你

到底为"强校有我"做了多少贡献？只要你奔赴了考场，你就不再只是一个人，也不仅代表你的家庭了。

在这里我也想分享一个数据，2021届学校中考的优秀率是达到百分百的，2021届实现了学校当年跨三档的跨越，进入了一流方阵。那是过去一届、两届从七年级入学以来的所有学子共同奋斗的结果。今天我们还有部分同学没来参加这个中考誓师会，但是我在这里可以说这么一句话，学校相信他们，学校感谢他们，学校也为他们点赞，他们为自己的人生做了最聪明、最适切、最主动的规划选择。现在在座的同学们都要参加中考，参加这最后一次大抉择，你们是要站在前人的肩膀上，为这个学校做出贡献的，你们能不能达到呢？能不能决胜呢？这3年来，一些老师是带病坚持工作的，几乎所有的老师都是加班加点的，老师和干部们想尽办法，全校的目光、全体家长的目光，都在看着你们这一届。因此我希望今天参加会议的每一名同学都能够努力超越自己，成为全区的前"一三五八十"，成为学校的骄傲，成为学校的光荣。我相信也期待你们这一届创造一个新的高峰、新的历史！因为你们是新时代的青春少年，上天赋予了你们德行和才气！

三、"满分必争"——满分必争我追求

我这里说的"满分"，一是指"满德之分""德满之风"，就是你要有大格局、大选择、大取舍。你们不仅仅代表你们个人，也代表你们的父母、你们的家庭、你们的学校，无论你们的一模、二模考得如何，无论你们现在是什么样的心态，你们都要把它当成资源，你们要争气，要争光，在这种时候容不得你们有那种个人的小格局。唯有这样，在你们再长一岁的时候，学校、班级，特别是你们的家长，乃至你们未来的学校才能不会因为你们的"昙花一现"而后悔，而会因为你们关键时刻的再次发力，获得荣光。每个同学都要有这种不甘落后的积极心态，这样才会有黑马频出，历史就是这么自然，这是你的格局之分、你的责任之分。做到这一条，你就是满分的获得者。二是指学业上的满分，真正做到所有学科德行满分的是不多的，但是满分必争是什么？我认为有三个满分，第一个叫"小满分"，"小满分"就是这一题我不该错，如果说因为我马虎，因为我没看清楚错了，这是非智力因素，并且恰恰就是你的致命点。这个小马虎就会使你得不到大

满分。特别是基础稍弱的同学，一定要保障自己的应知应会部分必须满分，这是容不得失误的。所以"满分必争"重点是指你应该在应会必会的时候必须满分。第二个叫"中满分"，"中满分"是指什么？是指在能够得到满分的学科必须满分。今天下午在给八年级地理和生物考试的种子学生的动员会上，我先让他们说标准，有个别很优秀的学生说要保68、69，在最后总结的时候，我是这样说的，我理解你们的顾虑，但是作为年级的"领头雁"，作为拔尖创新人才的"种子"，你们有满分的能力，更要有满分的志气！所以你们的目标必须是满分，唯有如此，才有更大动力，真正收获满分！不然今天的动员会就白来了。这就是中满分。第三个是"大满分"，"大满分"是指学校每个同学都要努力成为这次中考中的正常发挥者和超常发挥者，也就是要让这次中考，成为你们3年6个学期24次重要检测、考试中表现最好，收获最多满分学科的一次考试！

四、"强校有我"——强校有我争荣光

你们这一届九年级要负担起润丰学校新十年，第一届全程的、开端的年级的开局胜利！希望每一个同学，端午假期这两天都要再仔细斟酌，做出正确的选择。学校一定会感谢你，记住你对学校的贡献和光荣。

五、"乾坤未定，你我皆是黑马"——乾坤未定化黑马

你们一定要有"乾坤未定，你我皆是黑马"的志气。我认为"黑马"不是不可能出现的，而应该是这个世界的常态。我坚定地相信每位同学都能够达到自己的最好，超越自己的过往，为学校、为班级、为家庭、为自己增光添彩，成为最大、最亮眼的那匹"黑马"！

六、"永不言败"——永不言败拼心态

永不言败，是状态，技术上还要细抠。刚才老师、干部们为大家介绍了很多的"小妙招"，我都很同意，也很赞赏。在这里我要说4个字，这也是著名教育家、高考局长、高考校长魏书生老师多次提出的，他创造了所在学校的高考奇迹、所在市的高考奇迹，这4个字就是松、静、匀、乐。"松"，适度放松；"静"，三天静下心来，少说话少折腾；"匀"，均匀，学会呼吸；"乐"，乐观，要有必胜的信念。

七、"出卷人"——如果我是出卷人

建议这两三天，大家再做个角色转换：我是中考学科出卷人！猜一猜今年中考的作文题会是什么，猜一猜某个学科的两三个重点题会是什么。

八、"查漏补缺"——查漏补缺保住温

具体方法大家都知道，我不再细讲了。这里就说说"满分体验法"。同学们，你们经历了这么长时间的学习和复习，积累了很多的知识，放手大胆猜一猜，甚至自己出一张猜想中的中考试卷做一做，提前找找中考状态。又或者是找一张试卷，哪怕是做过的试卷，选择相同的时间做到满分为止，精准一次，让自己有一次满分体验，让自己拥有一个得满分的状态。很多差一点点就得满分的同学一定要试一试这个方法，会有奇效。如果你能改，可以自己改，如果不能改，这两天老师们都是全天24小时提供服务的，请注意一定要让自己有一次完全独立的考试预测，时间就预设为中考的相同时间，或者是上午9:00—10:00，下午2:30左右，选择同时间、同时长模拟一次，哪怕最简单的卷子，让自己有一次得满分的体验。

九、"劳逸结合"——安全第一如常态

劳逸结合，遵守规则，不做反常事，不做改变自己常态的事，包括吃饭就正常吃，不需要刻意过多增加睡觉的时间，不需要有改变太大的地方。保持常态，注重劳逸结合，沉静下来，这才是最好的补养！

关于到考场，要提示大家一件事。进入考场后，要将考场的上下左右前后，所有的人包括监考老师全看一遍，等你看完了，就不跟他们讲话了，就可以进入无人之境了，时间空间允许的话，最好在考场趴三两分钟，不允许的话，就托着腮闭着眼睛养养神，然后沉沉静静开始考试。

十、"人生能有几回搏"——智慧拼搏在今朝

人生能有几回搏，此时不搏待何时？第一搏一定要成功！我期待同学们考场亮剑正当时，金榜题名在今朝。请全体起立，我们师生一起呐喊：强校有我，满分必争！

满分必争："学考"召唤我们冲锋陷阵"开门红"

——在2022学年度第二学期八年级"学考"行前会上的讲话
（2023年6月）

每次来到八年级，都有一种特别的感觉。因为你们这一届八年级从入学以来就在不断地创造属于润丰学校、属于你们自己的奇迹，今天又一次到了能够见证你们过去历次奇迹出现的经历的关键时刻了。我要用最近校园中的一个热词——"满分必争"来作为关键词，为参加"学考"的各个同学临考赠言。

为什么一定要给大家传达这样的观点和意识呢？只要你细细品味就会感觉到，这其实是一种能量的赋入，把握住，明天一定也会有能量的赋出，这样的"一入一出"就会实现赋能。

下面，我将用"五感"来表达这次给大家的临考赠言。因为这是你们第一次、第一考以及第一考的第一场，人生这样的第一次如果没有成功地开启，就难以为今后开启全优的状态。你们这一届已经创造了属于你们自己以及学校的很多次奇迹了，需要在明天的"学考"中来继续验证这一优势。你们是最好的，你们是最优秀的，但是"天上不会掉馅饼"，这种感觉是要你精细的"临门功夫"在这样的时间和空间来见证的，也是需要用智慧和行动来不断磨炼的。

一、第一"感"叫"规则感"，让"规则感"细节复盘

因为这是大家的第一次、第一战，过去你们在小学也考过毕业考，也参加过其他各种竞赛，但是唯有"学考"、中考才称得上是你们真正的人生第一考，那种感觉不是用嘴说说就能轻易体会到的。因此，所有的同学，请务必认认真真地对待规则，每一个细节都将可能成就你入门的不慌张和避免无谓的牺牲。希望各种非常态的案例，不要在我们学校的任何一个同学身上发生。

刚才臧主任已经把考场的规则要求细细地给大家做了提醒，并划了重点，希望大家回家后一定对照细节认真复盘，并且一定要动手演练一遍。正如康德所

说："有两种东西，我对他们的思考越是深沉和持久，它在我们心灵中唤起的惊奇和敬畏就会日新月异、不断增长，这就是我头顶上的星空和心中的道德定律。"这句康德的名言，在他死后刻在了他的墓碑上。而你对规则的尊重就是你道德诚信的起点，要知道很多时候无意的犯错也是犯错，无意的犯罪也是犯罪，都要接受相应的惩罚，付出相应的代价的。在这个时候，我反复强调"规则感"，正是因为你们明天将开启人生第一考的第一场，请务必将规则放在心中，一丝不苟地落实在行动上。

二、第二"感"叫"紧张感"，让紧张感提前抵达

刚才老师、干部都在提醒大家考场不紧张，但是人的心理往往就是越是提醒不紧张，越是会紧张，这是一个规律，那怎么办呢？要有本事，要能把考场必然会出现的某些意外情况提前进行估计：可能是一道题突然想不起来，蒙掉了；可能是突然发生什么意外状况，让你不得不紧张；等等。提前估计，提前想好应对措施。就好像马拉松长跑过程当中，会出现"极点"现象，它会突然出现几秒钟或者几分钟，让你很难受，但是只要能够撑过去，就能获得新的节奏，继续比赛。

今天晚上，大家就可以进行"紧张感"的模拟，如果你现在是一副无所谓的样子，假做轻松，在考场反而会出现紧张的状况，但是如果今晚你能够提前认真模拟这种"紧张感"，就好像我们进行中考前的模拟考试一样，感受它、适应它，那么结果可能就不一样了。大家要善于模拟想象明天的情景，要让"紧张感"提前抵达，让自己提前感受、适应。比如说模拟离结束时间还有10分钟，还有题目没做完怎么办。真实地拿一张试卷，限时10分钟，投入地去做，你就会发现，虽然只有10分钟这么紧张的时间，但是其实是能够让你写完作文的，是足够让你填满简答的，是可以让你算完两道数学大题的，那么这种情况之下，考场上再听到提醒"还有10分钟"的广播提示时候，你就会有更强的自信、更大的把握，也就没那么紧张了。

还有，考试之前考场里都要宣读考场规则，一般来说一听到这个都很容易紧张，那么现在大家都拿到了这个规则，今天晚上回去就让爸爸妈妈读几段，提前

感受感受，让"紧张感"提前抵达，这样才能换回在考场中40分钟也好，60分钟也好，甚至更长时间内的不紧张，很轻松。

我要再强调一遍，"天上不会掉馅饼"，就算你现在很好，也经受过各种场面，但遇到很多的第一次的时候也一样会有可能有各种状况发生，一定要通过一些小技术、小技巧，比如喝杯水、深呼吸等，将其化解。

三、第三"感"叫"满分感"，让满分感双科并争

没有满分追求的人，是很难得到满分的；没有高度追求的人，是不能实现超常发挥的。因此之前我跟八年级部分同学开座谈会的时候，听到有的基础非常优秀的同学对自己的要求不是满分，我是不赞同的。唯有拥有"满分感"，你才会在下笔的时候，在做题的时候，在遇到暂时不会的问题的时候，才会有信心、动力，才会有智慧灵感的相助。假设你只有69分的决心，那么70分可能永远到不了你身上。

九年级参加中考之前，我特别跟他们提过一个要求，就是要求每一个同学，尤其是从来没有得过满分的同学，一定要在考前在家做一张试卷，这种试卷可以是做过几遍的，做这张试卷的目的就是让自己得一次满分，获得一次满分的体验，只有满分的体验获得了，这获得满分的过程，才能成为你的能力、素养、潜意识，才能成为真正在关键时候的"不速之客、不请自来"，这就是"满分感"的妙用。尤其是你们这一届基础非常优秀，应该说很多同学面对双满分、单满分都有绝对的潜能。

有了"满分感"，你就不会放过一个细节，不会放过一个标点符号，不会放过一个题目，你就不会马虎大意、毛毛躁躁。"满分感"在考场上需要用什么来保证呢？就是大家平时考试时学校提倡的"三不"要求：

一是不说话。就是进考场之前声音放低，尽量少说话，少打招呼，即使刚才再兴奋，现在也要静下来。所谓"静能生慧"，就是指心静有利于迅速找到解决问题的办法。《大学》说："静而后能安，安而后能虑，虑而后能得。"可以说，静是安定、思虑和有所得的基础，在平静安逸之中增长智慧。因此考场前后、考场中少说话、不说话，让自己保持静默状态。

二是不抬头。考试的时候尽量在落座考场的第一时间，先全部打量好、观察好，观察结束，就不再轻易抬头。这个时候要做什么？你得全神贯注，思考答题如入无人之境。

三是不停笔。达成满分的必备武器就是不停笔。如果有时间可以多斟酌，自以为都会了，都做了，就把笔停下来了，这是极为不好的习惯。真正的高手在考场上是不能停笔的，很多的计算没有2~3遍的反复演算是难以确保准确的。

考场的每一分钟、每一秒钟都不是多余的。考场的"分秒必争"是指每一分钟不可浪费，每一分值都不能放弃，这两者之间是相辅相成的，也是辩证互动的。你一定要始终坚守"三不"的要求，全神贯注，不到考场宣布结束，不必认为自己完美，一定是这样的精益求精、反复琢磨，才能收获高分、满分。更何况如果考试容量大，时间有可能还会紧张呢，这一点也是要提前预设好的，必定要争分夺秒，一分不舍。刚才我听到八年级的代表发言同学说到要矢志不渝，决战决胜，满分高标，我觉得很有志气！

四、第四"感"叫"智慧感"，让智慧感松静匀乐

"松、静、匀、乐"是谁说的呢？是我国著名教育家、高考局长、高考校长魏书生老师，这是他的好经验。所以大家就要学习"松、静、匀、乐"，让"智慧感"拉满。"松"，适度放松；"静"，静心静神，少折腾；"匀"，均匀，学会呼吸；"乐"，乐观，要有必胜的信念。在这里面我再细化一下之前给大家多次提到的"深呼吸法"，上次我也跟大家聊过，大家都可以试一试，要试到什么程度呢？试到不用想，生理自然反应，很多的心理问题，都是可以通过生理调整改变的。现在大家就可以跟我一起来尝试一下：眼睛闭上，手放膝盖，深呼吸，越慢越好，然后在心里面数4个八拍，越慢越好。如遇紧急情况，自然心理条件反射自动生成。去年就有一位考生在毕业典礼上，专门跑到主席台，送我一束花，他特别兴奋地告诉我说，他在中考的考场上真的遇到了我所说的状态，当时没招了，又没有水，又不能吃药，又不能上外面躺下，他就用到了这个"深呼吸"秘密武器，迅速渡过难关，获得成功！同学们，这是老天赐给大家的一个自带的秘密武器——呼吸，要学会深呼吸，学会均匀呼吸，学会均匀呼吸调整情

绪。一定要牢记，所有的问题一定要在考场内解决，出了考场可就没有机会了。即便遇到难题或者没见过的题目，也不要慌，你觉得难别人可能也觉得难，甚至觉得更难；你没见过，别人可能也没见过。你一定要相信自己经过了这么长时间的积累，一定能够有灵感、有能力，用自己所学过的知识点、所积累的常识方法、所拥有的技巧能力，将它们通通解决。

五、第五"感"叫"光荣感"，让光荣感梦中首战

同学们，你们不仅仅代表你个人，也代表班级、学校，代表家庭以及你自己的未来人生。面对人生第一考的中考，以及人生必考中考前的第一次"学考"，一定要有以结果为导向的"光荣感"，用你的满分高峰来成就这个梦想成真，来成就年级奇迹的创生。我相信你们有了这样一种荣誉感，这样一种使命感，这样一种责任感，就一定会取得属于你们2024届润丰学校九年级毕业生在2023年八年级"学考"的首场胜利。期待你们勇敢地"冲锋陷阵"，期待你们"五感"的"拼搏智慧"！预祝你们在生物、地理两个"学考"的中考学业考试中首战成功，赢得"开门红"！

百尺竿头，尚须进步

自主起来：早早的

—— 在2021级新七年级学生线下月度总结表彰会上的讲话
（2021年10月）

    暑假在线上跟同学们见面的时候，我曾经这样说过，你们这一届是润丰真正意义的第二个十年的第一批学生。我为什么要用"早早的"来给今天你们的讲话命题？那是因为伟大的政治家、诗人、开国领袖毛泽东曾说过"东方欲晓，莫道君行早"。

    由刚刚带领2021届九年级创造润丰新十年中考跨越进步奇迹的，以年级组长王绍梅为代表的老师团队，来做你们这一届新七年级的任课老师，是你们的幸运。你们今天的所有的规格就已经提前三年或提前两年（地理、生物在八年级下学期末考试）进入了毕业班的模式。去年毕业的那一届还没享受过呢，今年的这一届毕业班只是九年级才开始。现在的八年级才是提前两年。你们是第一届，大家想想是不是一个"早"字。王绍梅组长、毛校长、冯主任，包括我们赵昊晨老师、宗哲老师、梁爱芬老师这几个优秀班主任，还有其他的任课老师，他们将以教九年级毕业班的教学状态教你们，让你们"早谋划，早享受，早开始"。这是多么幸运，多么幸福！

    今天你们的很多表现也让我特别欣慰，第一个表现就是这个现场气氛。比如说刚才出现了其他年级到后来久久呼唤才有的同学的"自主领掌"，又是早于别的年级早一年、早两年学会领掌。学会自主地鼓掌，这表达了你们"向上、向好、向美"之心，很大气，很有胸怀。这个也是一个"早"字，是我们老师早训练，早引导，同学们早进入了角色，这就不一样，一起手就不一样，一个鼓掌都提前三年。再回想我在楼道上见到很多的同学，有一个行为有别于往年的就是见到校长或老师会鞠躬，大家这一个动作特别的好。《觉醒年代》大家看过了吧，如果没看过赶紧看。《觉醒年代》在制作时花了三年时间，请大家注意这个细节，现在的电视剧基本没有花这么长时间制作的，这叫大制作。《觉醒年代》里有一个重要的细节，就是早期的这些角色人物都能做到见面行礼鞠躬，这是中国传统文化当中的伟大礼仪。这又是一个"早"字，说明你的德行成长已经在心中，这个种子长得好，这必将成就你们未来大格局的人生境界。

"自主起来：早早的"第二个表现在哪里？就是你们这批新七年级的同学，这次有那么多的孩子上台领奖，真是"将星满天"啦！获奖面这么大是我没想到的，特别是第一次就出现两个冠军。这又是比别的届出现更"早"的表现。同学们，祝贺你们的早早的，因为这是自主起来的靓丽开局！

一、关于过去的这一个多月，包括暑期跟大家线上的见面，我想用四句话来说明同学们怎么才能有今天这样一种德行共成长的伟大表现

（一）"天天跑，百分百"

你们这一届的早起步，要感谢刚刚毕业的那一位拿到学校中考冠军的刘谨飞同学。尽管他最后考试体育还差几分，不是满分，但他可是你们的体育老师、班主任老师和家长让大家坚持天天跑的一个榜样的示范。他当时只有50天的训练时间，对于现在的八年级来讲，还有一年多，接近两年时间，对于现在的九年级同学来讲，也还有接近一年时间。你们呢，有近三年的时间，接近1000天了。"百分百"就是在座的全体同学，像现在这样天天跑下去，你一定是满分的最终拥有者。张校长每次在临窗凝望的时候，都能看到你们2021级新生跑步的身姿，这是校园的一道美丽风景线。你们这一届这么多同学，跑起来了，天天跑起来，真心跑起来，坚持跑下去，1000天后体育满分一定属于你们。

（二）"天天快，三年一"

这主要是说你们表现在快速启动，整体快速，单体快速。因为你们的老师就快，你们的班主任就快。"天天快，三年一"，如果像现在一样，家长、老师陪伴着你们，校长陪伴着你们，你们将在三年后进入我们朝阳区前10%的优秀"一流"方阵。什么意思？如果有10个学校，我们是第一名；如果有50所学校，就是前五所者之一；如果有100所学校，就是前十所之一。因为你们天天快起来，老师的脚步是快的，校长的脚步是快，家长的脚步也跟着快起来了。核心是同学

们，你们的脚步已经快起来了，这一场三年的马拉松，你们这支队伍将是不可战胜的，将会创造润丰建校 14 年来历史的第一个。因为我看到你们这个成绩榜很喜欢，很欣慰，很有信心，这是你们接近两个月给我留下的第二个印象。

（三）"天天高，超一流"

你们不仅跑，不仅快，我刚才看到年级组长王绍梅老师把年级的成绩都给你们看了，虽然是等级分，整体分。她敢于向同学们展示这个数据，这个数据是可以公开的，就是给大家一个参照。你们的标准是什么？王老师讲拔尖、顶尖、尖中之尖，我还真没想到李羽楦同学和刘思成同学今天会有这样的表现，我以为他们很羞怯，但是他们的目标高远，而且公开向大家做出承诺，这是需要胆量的，这就是高目标，人贵在"志当存高远"。你们今天晚上放学，将收到张校长在暑假就开始相约的大家"三所高中"规划书的一张确认单。经过一个暑假，经过接近两个月的学习，你原来拟定的"三所高中"应该更清晰化。即第一个是"保底高中"，就是以你现在的水平，不需要怎么努力就能上的那个高中，你不要以为轻易能找准；第二个是"理想高中"，就是稍微努力一下考上的，"理想高中"一般来讲能够实现；第三个是"梦想高中"，大家知道梦一般不能成真，是吧，梦都是假的多，甚至反的。所以同学们"天天高"就是要把目标首先定好，敢于攀高，梦想是用来成真的。习近平总书记在 2012 年十八大上，向全党、全中国、全世界说的第一句话，就是要实现"中国梦"，这是很伟大的理想和指引。今年是 2021 年，是建党 100 年，第一个"百年奋斗目标"实现了，全面建成了小康社会。到中华人民共和国成立 100 年，2049 年是第二个"百年奋斗目标"实现之日，将实现中华民族伟大复兴。你看这是多美好的梦想，多么伟大的格局！中国共产党的领袖，新时代党的核心，最高领导人，都是用"梦想"来凝心聚力，这是正确的起点，智慧的光荣的起点，当然也是伟大的起点。同学们，要想实现"梦想高中"就必须知道"理想高中"，因为"理想高中"是通过努力可以实现的，而实现"理想高中"首先要解决哲学三问：我是谁？我到哪里去？我怎么去？就这三件事。所以，"保底高中、理想高中、梦想高中"具体哪一所，要自己、老师、全家总动员，要研究透了，才有实现的可能。张校长说"天天高，超一流"是什么意思？就是你们这一届要敢于超越一流。能不能进前10%？能不能进5%？我们在座的同学当中有没有能成为朝阳区的中考前十名，甚至是状元呢？你们要把那张表中自己的目标想好了，经过跟家长开家庭会议拟定好，并交给老师给你诊断一下，一旦确定就在自己的书房墙上贴起来，我们人人要争做超一流。像李羽桉、刘思成，你们要敢于想三年后能为润丰在朝阳区拿一个中考前十名，甚至是状元回来，这就是超一流，不是不可能。

二、关于下一阶段，特别到期中前后以及今后的各阶段，我再给大家建议，具体是"六个三"

（一）"三兵合一"

前有标兵，后有追兵，我是骑兵，三兵合一。每一名同学要找到自己的追赶目标，要努力追赶并争取超越前面的标兵；同时要关注后面的追兵，避免被轻易追上。这样三名同学形成你追我赶，良性竞争的局面，促进自己不断提升。这个办法是谁的办法？我告诉你是创造神奇高考成绩的局长、校长、三次全国党代会代表、教育家魏书生老师，这是很管用的。现在通过"限时作业"的检测，你有了自己的位置，你怎么办？确定好自己的"三兵合一"目标和策略很重要。

（二）"举三反一"

我们要让同学们参加一个语文学科的"主题阅读学习"的试验项目。学一课时相当于学六课时，这是教育部推广的一个语文教学改革成果，希望大家积极参加到这个项目试验学习中来，从"举三反一"中学会方法论和辩证法。

（三）"三读大益"

就是"早读、高读、背读"，早上读，高声读，背诵着读，一寸光阴一寸金，要坚持，要养成习惯，一定会对大家的学习带来重大益处。

（四）"举一反三"

晚自习时间，静静的一个半小时，能够不受干扰，自主完成作业。而且还要学会做长作业、实践性作业、主题式作业、项目式作业、探究式作业等。"双减"时代的减负增效是必克难关，你们的老师将和大家逐步推进，这是你们"长智涨分"的关键。

（五）"哲学三问"

在课堂上敢问想问，会问善问，自问自解。"学会三问"是大家达到高目标，创造超一流的秘密。

（六）"三星满天"

希望有更多的优秀同学能脱颖而出，出现第三位"状元"，甚至更多的"状元"，下次我将跟每一位第一次到台上来领奖的同学握手合影！

祝大家德行再成长，学习再进步！预祝同学们学业更成功！

算　账

——在2021年度第一学期七年级第一次总结表彰会上的讲话
（2021 年 11 月）

今天，我首先要给大家讲三个成语：目不转睛、聚精会神、全神贯注。

"目不转睛"是指讲课时同学们要做到"三看"：一看老师，二看黑板，三看书，还要学会在这"三看"之间转换。除了"目不转睛"，还要做到"聚精会神"以及"全神贯注"，这样才能使听课效率、听课水平、听课悟性得到提高。

同学们一定要在心中时时刻刻聚焦目标，学会算"三账"：

1.明确"三兵"小目标，学会算"小账"。以"三兵合一"为例，一定要知道自己的现阶段追赶目标是谁，用拼搏和努力去追赶自己的"标兵"，还要了解自己后面的"追兵"是谁，要努力提升自我，不能轻易被"追兵"追上，而自己则是骑兵——既要追赶前面的人，也要后面的人难以追上，随时保持高度的专注力，做学习上的"英雄骑士"。

2.明确"三高"中目标，学会算"中账"。大家的心中一定要有"三所高中"：保底高中、理想高中，以及梦想高中。同学们要将自己定的三所目标高中贴在自己书房看得见的地方，去时刻提醒自己，不失保底，力争理想，突破梦想。

3.明确"三大"大目标，学会算"大账"。算大账分为三个维度：大学、大业、大志。大学，就是像罗列理想高中一样，罗列出自己想上的大学，除了让自己有更长远的视野胸怀之外，还有一个更加远大的目标去支撑自己长久地努力。大业，就是要确定自己能做的专业、喜欢的专业、能成家立业的专业，现在就开始逐渐为自己进行未来职业的规划。大志，是指要根据时代变化、时代需要将自己的志向与时代联系起来，与国家联系起来，这样才能真正成为未来国家需要的人才。

我们今天用"目标"来"算账"，就是期待同学们做到：三标贯通，高标必成！我相信你们在三年后的中考一定会成为润丰逆袭拔尖的一届！

精准高标：2023届拔尖创优的群英荟萃

——在2023届新九年级期末表彰及毕业年级启动大会上的讲话
（2022年8月）

今天距离开学还有3周，21天，要知道"21"是一个很神奇的数字！只要你想做，21天就可以形成一个好习惯。今天举行的是八年级下学期期末考试总结表彰会及毕业年级师生家长启动大会。大家有没有发现不同的地方？是不是有变化呢？

一、今天会议的不同之处

（一）充分准备提前了

这样的会议，以前都是在开学初进行的。其实筹备这次会议，有很多的考量，从学校领导管理团队，到相关老师、同学、家长都做了大量的准备工作，甚至直到7点钟开会之前，我还在和年级组长付老师，再次沟通敲定一些内容，还在跟相关的老师及管理干部作了分享提示。这次会议跟以往还有不一样就是刚刚过去的40分钟容量相当大。此次会议守正创新，内容充实，群英荟萃。在座的各位家长同学都能体会到一点，那就是我来了润丰之后，特别重视学校各年级的每次检测、每次大考，每一次结束之后都会有总结、反馈、表彰和新的动员，现代治理思想中的管理四个环节中"总结反思"是必备的，或者说没有这个环节，管理就不是闭环的，效益就不是最大的，所以今天我很高兴参加咱们这次有创新的总结表彰会。

（二）优秀代表分享了

今天，学校中学部的主管，校长助理刘曦亲自主持会议，给了你们很多时间安排上的建议，这让我很喜欢。他还对暑假期间，同学们中出现的很多很好的现象进行了表扬，当然也提出了存在的问题，这所有的内容都可以对同学们各个方面的提升起到很好的促进作用。我相信只要同学们能够认真听，跟着做，下学期必定能够迎来自身的飞跃式成长。同样在今天，我看到了张栩喆同学和高林谦同学作为期末统测冠军代表进行了经验分享。张栩喆同学是我们刚刚入学第一次正式考试的冠军，后来在多次考试中，几经沉浮。在这次期末考试前的动员会上，我曾特别点名了他，为他提了一些建议，并和他有了当众的期末成绩的冠军约定。今天，他如约践行，终于又重归冠军宝座，我感到特别高兴，很不容易，为他点赞！他刚才在经验分享的时候特别具有反思意识，而且体现出了自己的坚强和蓬勃的进取心，还为自己制定了九年级新的高远目标，我非常欣赏他！高林谦同学作为新科状元，发言内容务实有效，表达阳光、自信又从容，娓娓道来。他作为本次大考的"黑马"告诉我们，成功绝不是天上掉馅饼，更需要默默地坚守，勇敢地拼搏，不懈地奋斗。我还看到了马均阳同学作为进步学生代表进行发言，一字一句都显出了奋进的决心，让我感到十分高兴。我也看到了王彦哲妈妈如数家珍地介绍孩子的成长和与老师的家校协同。我更看到了一个细节，就是刘天泽同学在会议过程中认真聆听，不断为发言的优秀的同学和老师点赞！

所有我刚刚讲述的这一切，都让今天的会议成为一场"群英荟萃"。所以，结合十分重要的具有高度含金量的八年级下学期最后一次区级统考数据，结合刚才"群英荟萃"的发言，结合还有21天即将结束的暑假学习，更结合马上开启的9月1日正式的九年级新学期，我将原定为"拔尖创优：2023届群英荟萃的矢志不渝"的讲话主题改名为"精准高标：2023届拔尖创优的群英荟萃"。刚才这些同学的发言就是"群英荟萃"的典型代表，是未来一流冲刺的杰出代表，而且其中不同类型的代表正说明了我一直在强调的一句话，那就是："王侯将相宁有种乎？人人皆可尧舜！""人人皆可有尧舜"，这就是我讲话的立意了。我希望我们2023届群英荟萃，那么，如何才做到呢？就要精准高标，对自己设定的标准一定要高。正如刚才优秀毕业生代表曹若溪同学说的，在七、八年级的时候她和家长就都把自己的"三个高中"确定了，并且在调整的时候，也给予了她数据化的支持，今年中考结束后，我特别联系了她的家长，询问她升学目标达成情况，她的家长自豪地回答了我四个字"梦想成真"！为什么会说"梦想成真"呢？因为"三个高中"正是指的"保底高中、理想高中和梦想高中",所谓"保底高中"是正常发挥肯定能达到的,是不能打破的底线;"理想高中"是要通过自己的努力,踮踮脚尖,跳一跳,够一够能够达到的;"梦想高中"是很难实现的,是需要拼尽全力,倾注所有心血才能够超常发挥后达到的!"梦想成真"是最美的境界,最妙的体验,最好的经验——这就是"精准高标"的要义。刚刚毕业的这一届九年级的同学们百分百地考上了自己的理想高中,这是了不起的。

二、如何做到拔尖创优

(一)暑假"大算":"数据分析"三个"标"

我刚才一直在强调期末的大考很重要,因为它的数据很真实,用来做对比很有意义。

一是对标。对什么标?我记得一年前开家长会的时候,让你们填写了"三个高中"的表格,这就是"标"。"三个高中"可行吗?如果可行,那么继续努力;如果不可行,究竟因为什么?一定要分析清楚。

二是调标。"三个高中"也就是"三个目标","三个目标"调什么?怎么调?调高还是调低?这次考试的成绩,就是你调标的依据。

三是分标。什么叫分标?现在你们的九个学科,分为五个必考,四个选修。九个学科你哪里最弱,哪里就是你要进行的分标,也就是你一定要补齐的短板。

希望同学们和家长要合理利用好暑假,大家拿出的专门的"大把"时间"算算账",建议在这次会议之后,首先和班主任进行深入交流,然后研究各种数据,除了自己的以外还有中考的,今年中考的分数再次"水涨船高",这就是一个新的动向,跟去年的参考数据又有变化,一定要研究,将各种网上的数据细致分析,最后重新在家中进行家庭小会议,调整"三个高中"的标准目标,当然这个调整不管是调高还是调低,一定要能说出理由。

(二)自主"大干":"作业赋能"三个"强"

21天能做成什么事?我的答案是"21天能做成一件大事"!如何做到?需要"三强"。

1. 保强

作为学生，应该如何对待老师暑假布置的作业？我要说的是老师布置的作业是"处方"，唯有医生，特别是主治医生，才能够针对个人情况开处方。老师们布置的作业也是针对个人情况制定的分层作业，有基础的，确保你把根扎深，根深才能叶茂；有创新的，确保你望得远，舞台更宽广。所以我和老师们都特别强调要高度重视作业，认真对待作业。作业就是底线，如果你不把作业放在心上，你的底线就破了，就会出现根基不牢、思维僵硬的情况，这是要出大问题的，当然这也是曾经出现过的教训，是很惨痛的。

2. 加强

家长建议的作业是"配方"，它与老师的处方作业相互配合，保证你营养均衡，甚至出现各种奇迹。中西药要配合，主次药方要配合，急性药和慢性药要配合，这样才能确保方方面面都获得"滋补"，最终成就更好的自己。

3. 坚强

这里我重点要说的就是自主作业，这是"秘方"，"秘方"一定要坚如磐石！我在学校特别强调"自主"，谁最了解你？当然是你自己。同学、老师、家长都可以帮你，但是这些只是外力，你自己才是真正最大的动力，这个责任是不能推卸掉的。善于给自己布置作业的人，才最终能够成为最顶尖的人。

三、在假期剩下的时间里和即将到来的新学期，我还有四个建议给你们

（一）体育锻炼每天一小时

明年体育中考是一定要满分的，想要获得满分一定是要坚持锻炼的，是要吃苦的。如果体育不能获得满分，你就会和别人拉开差距。而只要你能够坚持不懈，满分必达。请每天都问问自己，你今天体育锻炼一小时了吗？

（二）数学物理每天三五题

建议你们每天上午数学和物理都做三五道题，现在满分越来越多，想要成为最优秀的那一个，98分就是最大的预留空间了，这是保底。数学、物理一定要每天都充充电，冲冲刺！中考的方向变了，水涨船高，因此要在过去的传统科目

中争取高分甚至满分。今年学校刚刚毕业的这一届达到了优秀率百分百，这是历史性的。希望你们能够记住不管你现在的情况如何，只要努力，都一定可以达成自己的理想。

（三）四门选科都能对

每天都问问自己，我的四门选考都能保证全对吗？基础每分都不能丢，我刚才之所以重点表扬满分的同学，就是因为这一点。后面还有选考的历史和化学，我们的目标就是争取满分或是极高分，对于每个同学的要求都是一样的，就是保证基础分一分不丢。

（四）英语口语一次过

英语口语考试去年全区的满分率是40%，今年已经无限接近50%，在这样的形势下，英语口语当然要确保一分不少。刚才付老师介绍早晨的时间要朗读，打开口腔。要知道英语口语要想好，就要打开口腔，就要锻炼耳朵，这样才能确保一分不丢。同学们要有信心，相信自己，只要努力，一定能在12月的英语口语考试中取得好成绩，冲击满分。希望你们能够一直用这样的高标准要求自己。

2023届的同学们，你们是和我一起来到润丰学校的，希望你们要珍惜，要立志，你们是拔尖创优的群英荟萃，一定会是"一流顶尖"的。所谓的"一流顶尖"就是在全区前3%、5%、8%、8%、10%这个领域当中有历史性的新突破。你们要整体全优，都考上更加优质的高中。我相信在过去几届毕业生不断创造历史的基础上，你们一定能够再创新历史。

我相信所有的同学，尤其是进步的同学。你们一定会在已经到来的九年级收获成长，你们的这个暑假注定不平凡。我也特别感谢九年级团队的所有老师！我不断能从家长和朋友们的嘴里听到对老师的赞誉，对老师的信任，对老师付出劳动和关怀的赞扬！我也感谢各位家长三年来对学校工作的大力支持！你们的信任和协同是学校、老师前进的动力和坚强的后盾！我最感谢的还是同学们！暑假以来，我知道你们都很忙碌，随着一次次的作业反馈，优秀的越来越多，希望你们在剩下的时间里再创奇迹！对准自己的薄弱学科再造辉煌！希望在开学之后的第一次限时作业中，暑假作业会占50%左右的比例，希望能够看到你们收获成功！

当然，体育也会纳入其中，你们假期锻炼"打卡"情况、锻炼达标情况以及开学两周之内的现场检测，都会统计在一起成为你的体育量化考核数据。希望同学们珍惜暑假最后宝贵的时间，相信你们一定会水涨船高，希望开学之后的第一次限时作业"封神榜"上又能有一场人才济济和群英荟萃！

打破魔咒：八年级顶尖的内外进位

——新八年级召开学生表彰会暨升级启动大会上的讲话
（2022 年 8 月）

在新学年开学前 10 天召开七年级下学期期末学生表彰会和升级启动会，比往年开学初才举行，是大大提前了，为什么呢？也许大家从我讲话的题目《打破魔咒：八年级顶尖的内外进位》可以初步感受一二。当然，听完我的全部讲话，再联系到今天会议的所有议程，就会更清晰明白了。八年级有什么"魔咒"呢？我也跟大家说过，我曾是年级的状元，学校的状元，后来在中考取得了全市的状元。其中在八年级的时候就出现了一次小小的"滑铁卢"，就是在一次月考中考了一个第二，由于当时的班主任老师及时提醒分析，我很快找到了原因，及时寻找办法予以克服，很快恢复状态，重回第一，并持续到升学大考，获得市级状元，创造了母校的神话，至今仍是母校学子们的励志榜样，佳话传诵。像这样的现象，成绩好的同学会出现一度下降，因为要保冠军，心理压力过大，反而在重大考试当中失手；还有是两极分化，好的可能更好，差的就更差；还有两大拦路虎——物理和数学，数学内容难一点，物理是新的学科。诸如此类，学科内容增量增难增活，都会造成八年级成绩出现下降，也许这就是所谓的八年级"魔咒"吧！很多同学都会遇到，但早期敏感、及时发现、科学应对，"魔咒"就能被打破。

打破"魔咒"就是润丰学校这一届八年级同学的胆略所在！志气所在！是青春期能量给你带来的强大支持！是一种赋能效应！因此，"打破魔咒"成为我今天讲话的关键词，因为七年级下学期最重要的一次考试数据，见证着你们是否能够打破"魔咒"。

一、我要表扬三类学生

第一类是年级综合最优秀的 5 名同学，他们分别是刘思成、黄一、宋弈柯、程子昕、李羽桧。作为校长，我的表扬应该是代表学校的一种最高荣誉，是我想赋予你们的一种待遇和荣耀！他们的名列前茅是经过熔炉锻造的，值得重点表扬！点名表扬！

第二类是进步最大的 5 名同学，分别是凌佳齐、白朔衡、刘雨涵、杨启帆、乔静宜。最大进步了 26 名，最小进步 19 名。说明同学们形成了你追我赶的学习态势，说明有战斗力。不是只有考试前几名会表扬，进步快、进步大，更值得表扬！

第三类要表扬这一届的全体同学，你们创造了 680 分以上由 1 名增加到 2 名。670 分以上，由原来的 4 名变成 3 名，虽然减少 1 名，但是 660 分以上由原来的 8 名增加到 12 名。650 分以上由 8 名增加到 14 名。在顶尖层次上总的数字是增长的，为你们点赞。过去能进入全区前 10%，在七年级这个时候是不多的，你们是两位数，形成了拔尖创优的学生集群是十分了不起的。

同学们，我这里还想特别"剧透"一个事情，就是前两天你们这一届的七下期末质量分析会，在事前要求老师要注意发言时间基础上，仍然从早晨 8:30 一直开到下午接近 2:00，这么长时间说明了什么？说明老师们对每个同学，包括每个家庭的分析，十分用心，如数家珍，滔滔不绝，加强了科学性、指导性。这也为八年级打破"魔咒"提供了新的可能性，所以，我也对你们这一届予以坚决的信任！寄予坚定的期待！

二、三个方面的意见和建议

第一是"居安思危与居功自傲"，第二是"居危思进与岁月不居"，第三是"居高不下与褒然居首"，简称"六居"客。

（一）居安思危与居功自傲

本次考试数据很有研究价值，数据里面藏着学问。因此如果有问题，那就是真问题，如果你能取得好成绩，这就说明你具备实力，要有信心。在这里，我想问问大家几个简单又不简单的问题。

1. 关于开学前的问题

这个暑假当中你做没做目标调整书？调什么？是调高还是调低？三个目标：保底高中、理想高中和梦想高中。刚刚毕业的九年级就有很多孩子实现了梦想目标。在座的家长一定要重视这个问题，开学家长、孩子和班主任的签字，分管领导的签字，都是手签字，之后我是要亲自看一遍的。

2. 关于上课前的问题

你的预习有没有只看书？手里面有没有一支笔？要点圈画注，或者打上符号，甚至可以做标注，把你的想法问题写在这。如果不这样，同学们"魔咒"就在你身上会出现，你进不了位，即使你在学校进位，到区里面也许还会下位。特别"双减"之后，大家更多的自主时间是要自主预习。

3. 关于课堂中的问题

你有没有课堂笔记本？老师的话，同学们的话，专心听，认真记。笔记本希望大家准备厚一点，一节课一章没用完，留下的空白后来好补上。左上角或右上角一定写上第几周第几节课，把这时间标上去。

4. 关于新课后的问题

你有没有错题本？衡水中学五大秘诀的第一个秘诀就是错题本。课后或者考试后一定要做的。

5. 关于考试前的问题

你有没有练字本？我强烈建议大家练"行楷体"，行书的行，楷书的楷。写行楷又好看又快。我再梳理一下，这是关于"居安思危与居功自傲"的五个秘籍，如果你是这样做的，就是居安思危，就会成功的，一定要将这五个方面做好；反之，就是居功自傲，就会"魔咒"相随。难以拔尖，更难顶尖！

（二）居危思进与岁月不居

当一个人知道自己在危险的位置，会有两种态度：一种是甘愿落后，甘愿退后；还有一种是强烈不服，坚决不服！我期待同学们遇到这种情况能够鲤鱼翻身，这就是"居危思进"；"岁月不居"是表示岁月流逝，我们不能如此，而是要只争朝夕。就算你七年级这次最重要的考试取得很优异的成绩，但属于过去，没考好也属于过去。

其实刚才有同学说的"崩"了现象，就是紧张问题，也是个普遍问题，各类"尖兵、标兵、追兵"学生都会遇到，立见高下是在出现前怎么磨炼，出现时如何应急处置，反复后如何超然问题，其实这就是"居危思进"的策略与"岁月不居"的紧迫感限时克服这些"拦路虎"。下面我结合实际，提出七个问题建议，供大家研究借鉴。

1. 直面心魔的问题

万一某科或某题没考好，马上把它忘掉，因为谁都不是圣人，也会有失误，也会有紧张，真正的顶尖高手一定会快速转换，做好情绪调整。张校长曾说过，在遇到紧急紧张时候，要深呼吸4个八拍，甚至8个八拍，平时要直面"心魔"，敢于与它"对话"，它是弹簧，你强它弱，你弱它强，你要有时间效率意识、自我限时作业模拟训练，做到"作业即考试"的心态磨炼，如此你心理紧张的"心魔"问题就会迅速克服。现在刘思成和黄一就遇到保第一的问题了，心里肯定有些焦虑了，怎么办？直面心魔，就要练练这个项目的策略应用。

2. 善用资源的问题

很多"两端"同学遇到的老师，不一定是都是讲课风格最好的，万一遇到自己不是特别适应的怎么办？刚才发言的家长特别提到的"双师资源"，很敏锐，很智慧。是的，今年国家和北京市都开通了各类平台，有国家平台、北京市平台、朝阳区平台等，有特级教师、名师的授课资源包。所以同学们要善于调用这些资源，选择要有针对性。现在不缺信息，重在信息的筛选。

3. 主动问学的问题

我跟大家见第一面的时候，就特别倡导一定要有主动问学思想，一定要主动提问题，一定要敢于提问题，一定要善于提出问题，要带着问题去跟老师与同学研究解决。八年级要开始实行分层走班，要尝试导师制，都将以同学们自己的问题为主导推进。

4. 敢于满分的问题

今年"双减"之后的中考是一个导向，中考的难度不大，但是有灵活性、实践性、开放性，在这种背景之下各学科的"满分"成为可能。今年655分以上有的区超过500个，朝阳区有127个，全市有接近1000个。655分跟满分660分比只能失去5分。想想要有多少学科是满分哪！我们要做到精益求精，细致入微，基础一分不丢，这也是张校长强调练习"行楷体"的缘故之一，因为这也是满分的基础条件。时间不等人，岁月自不居，八年级一定要把敢于满分的习性练好了，不仅中考受益，高中也会根深叶茂，硕果累累。

5. 天天锻炼的问题

两年后的中考体育必须满分。无论是各类学生，特别是顶尖孩子，一定要提前打算，每天跑1000米（女生800米）要成为习惯。今年暑假润枫叶水尚社区润枫少年读书会，他们不仅有领读者，而且全部变成领跑者，每天早晨坚持在小区里跑步两三千米，非常了不起，他们都坚持了大约有七八十天了。你们每天坚持锻炼，才能在中考体育中获得满分。

6. 课标研究的问题

今年4月21日颁布了新的课程标准，更加强化素养导向。强调学科实践，强调学科融合，强调这个跨学科的开放性、融合性。所以同学和家长们，你们也要研究新课标，要知道方向，两年后你们的试卷跟现在会有变化。我也在教师质量分析会上明确提出大家现在就要研究明年的中考命题，要敢于预测，才能预测准确。

7. "双减"自主的问题

刚才同学们和家长代表的发言都特别好，强调自主。上课聚精会神听老师讲课，大胆提出学科问题，老师会在第一时间指导考试的方向和改革的方向。不要走极端，自以为是是要摔跟头的，自主才能自强，自信才能自立。

（三）居高不下与襄然居首

成绩源于勤奋和智慧，要争取居高不下，才能会当凌绝顶，一览众山小；也才能襄然居首，即出类拔萃，鹤立鸡群。在这里面我再提醒几个问题，即要想达到顶尖，内外顶尖，要处理好几个小问题。

1. 高度重视顶尖的问题

顶尖就是在全区进入前10%、前8%、前5%，甚至前3%这样的位置，这是你的位置。所以我刚才说的进位，就是进顶尖的位置。高度关注这个指标，无论是优秀孩子还是中等孩子，都要记住在全区的位次。这个位次决定你上什么样的高中。"法乎其上，得乎其中，法乎其中，得乎其下，法乎其下，得乎就下下了"，要想到达顶尖，必须建立满分意识、高分意识。

2.学科满分分配的问题

我建议大家除数学、物理，其他学科都要力争满分。即便数学、物理和语文也要达到98分以上。而且不是说语文不能得满分，作文也是可以打满分的，只要你做得优秀。

3.数学物理畏难的问题

数学是拉开档次的学科，要高度重视研究。物理是新学科，不要有畏难心理，要在战略上藐视物理，战术上重视物理。今年九年级的物理优秀率就超过了区平均水平，两个物理老师刚刚从九年级下来，大家要好好地跟着两位优秀的老师学习。

4.生物地理提前的问题

在八年级的下学期将会遇到生物和地理的学考，也是中考。目标都是要满分，要有这个信心。两科学考只有一年不到时间，大家务必从八年级的入学前就开始，把目标定下来，高度重视，高标顶尖。

同学们，即将开启的八年级是充满"魔咒"的年段，要想打破"魔咒"，还有一个秘密武器，那就是你们先后抵达的青春期！不过很多同学并不了解自己的青春期，真正的青春期是秉持正能量。在这次讲话的最后，我想用青春期的正确定义与同学们及家长分享：什么叫作青春期？青春期是上天赐予一生中最好的生命"礼物"。请注意，是"礼物"，是最好的东西。好在两个方面，一方面是促进人的进步和发展的，另一个方面是阻碍人的僵化和懒惰的。所谓的叛逆，如果表现得懒惰、僵化，不善于创新，不善于进取，那跟青春期没关系，是你非智力因素的负能量起了坏作用。你出生以来，生命成长最快、能量大爆发的只有这一次，就是在青春期这几年，因此中考和高考设在青春期是有道理的，中学生能够利用上天赐予你的伟大的生命能量，给你创造一切可能，打破一切"魔咒"，取得最终胜利。所以我期待我们的八年级所有的同学坚定信心、坚强意志、磨炼品质！希望我们的老师、同学和家长和谐共进，竞合共赢，一定会创造出属于我们打破"魔咒"、实现八年级内外顶尖进位的新范例！

学法三问："日周月循环学习法"好习惯一定让你锦上添花

——在2022学年度第一学期八年级9月总结表彰会上的讲话
（2022年9月）

我想先总结一下八年级的表彰会特点。

一是组织严。八年级整个的表彰会，从领导到教师、同学、家长都是组织严密，环环紧扣的，特别是刚才年级组长王绍梅老师在所有奖项颁发之后，总结说大家今天上下台都很优雅，这就是一个很好的自检，说明八年级是有严格要求的。

二是规矩好。今天大家的坐姿是三个年级当中唯一一个不需要我一直强调端正的，因为你们的规矩已经训练成习惯了。还有我看到很多同学带着笔记本或者作业本，有的可能是在留时间做作业，还有的是在记今天现场的笔记，比如记录经验介绍的同学的绝妙之处。刚才李羽桧同学介绍经验的时候，也提到了她经常在日记本上记录之类，这都说明了大家的规矩好，毕竟"没有规矩不成方圆"。

三是精神正。我从大家的表情、听话的神态和你们现场的记录，都可以看出大家有一种惊人的正能量，对学习是渴望的，对获奖人员是欣赏羡慕的，还有那种自己暗下决心的不服气，这都是特别好的！

四是满分多。我要求老师们出题目不要太难，基础题要多，不要太死，灵活题要新，不要太偏，实践题要开放，整体比对下来，八年级的满分率还是给了我惊喜，尤其让我高兴的是很多同学都逐渐拥有了满分意识，用这样的态度继续严格要求自己，坚持下去，我对大家有信心。

五是竞争强。我看到无论是尖兵，还是进步同学，以及年级整体状况，大家之间的咬合度很紧，几乎没有太大的分数差距。八年级是分化期，但是你们的差距却比我想象中小，这说明什么问题呢？说明大家都在"比学赶帮超"中相互"不服气"，理直气壮、旗帜鲜明地在彼此正态竞争、常态竞合。我建议八年级要继续坚持颁发"十佳书写优秀奖"，并在最后专门进行一个展览，将最好的挑出来给大家看看。有一个规律大家一定要关注，书写好是满分和高分的绝对条件。大家应该还没有忘记，我曾经给大家推荐过"行楷体"，这是一种书写快速，且规范工整、美观大气的字体，希望大家能够认真练习。要知道青春期的孩子读书阶段，只需要21天就可以有效形成一个好的习惯，坚持3个星期，有意识地练习"行楷体"，你的字体会越来越好看，书写也会越来越规范迅速。

总之，今天八年级的第一次总结表彰会让我觉得很振奋！很欣慰！所谓"学法三问"就是"是什么""为什么""怎么样"，是围绕学法来问的。在好习惯之前，我用了一个名词叫"日周月循环学习法"，顾名思义就是把每日、每周、每月都链接在一起，进行小循环、中循环、大循环的一种循环往复的学习方法。简单来说，就是大家所熟知的"日清""周结""月练"。

第一问："日清""周结""月练"是什么？

"日清"就是当天的学习任务当天完成。不等——"不等家长，不等老师，不等时间"；不靠——"不靠别人，靠自己"；不拖——"不拖到第二天，严格按照教学进度来学习"。一句话，自己的事自己做，早点做，做完做好为止。

"周结"就是利用周末时间对这一周内学习到的知识进行系统的归类整理，然后画思维导图，形成知识体系，即画图画表；把一周内的典型题目分别归类，综合分析，特别是将自己做错的题目进行归纳，这能促进你在以后做到举一反三；弥补一周内的疏漏，比如我之前问过刘思成同学问题所在，他说是体育，特别是立定跳远还没有达到满分，那么就可以合理利用这个时间补回来。今天七年级代表，年级第一名程同学发言时就谈到了这个观点，她就会合理利用周末的时间，将自己网球训练时候落下的课时补回来，反复询问同学、老师，将当天的课堂、作业都补好。

"月练"就是每个月对自己的情况作一次总结和反思，我再次号召大家要写日记，建议你们每周至少写两三篇日记，每周都有，不要空。比如像今天会后，学校、班级或本人发生重大事件之后，都一定要写，这其实就是在练作文啊！我曾多次提到的苏州张家港高中校长要求高三孩子每天晚上睡前15分钟全校统一写日记，那黄金的15分钟就是对自己的一种总结和反思，久而久之，必然提升。今天的总结表彰会也是我们的反思，按照管理科学的四步流程法，最后一个环节就是总结反思，因为总结反思要提出问题性的问题，这个新问题是下一个计划、执行、检查反馈和总结反思的又一个轮回，所以叫"循环学习法"。

第二问："日周月循环学习法"怎么做呢？

具体方案有什么操作要点呢？关于这个"日清""周结""月练"，这三个关系怎么摆？具体怎么做？这次测试要求不停课，请注意这个细节。为什么今天王绍梅老师就把期中考试的具体时间提前告诉大家？就是为了让大家提前下手准备。那么，你要怎么办呢？就是每天及时复习，"日清""周结"，认真解除、克服心理魔咒，打破艾宾浩斯遗忘曲线规律。之前八年级老师的质量分析会开了三个多小时，我们就谈了一个问题——那就是如何做到将"月练"常态化。我们将它定位为一个限时作业，就好像给大家做了一个体检，就是给大家做一个诊断报告、化验单，哪些是正常的，哪些是需要注意的，然后找医生开处方，老师就是医生，他们和家长一起为每一个人设计特制的处方，这个处方是经过"月练"的"望闻问切"诊断出来的，是有针对性的，是一定有效果的。

以前，我、老师、同学都给大家讲了很多学习方法，今天，我看到了大家都在上升的阶段，所以我用"锦上添花"这个词。那么，还是一样，今天把三个好的方法分享给大家。

一是养成每日"15分钟"记忆习惯。这个叫及时记忆法，什么意思呢？就是每天四个时段，分别拿出至少15分钟的时间及时复习。每天早、中、晚、睡前，四个时段分别拿出至少15分钟的时间巩固记忆，比如说早晨在家或在学校的早自习用15分钟的时间强化复习前一天学习的内容，通过翻书或者想象回忆昨天的知识点，如果你能自行回忆起来，那就是你真正地牢固记忆住了。然后中午或午饭后，利用15分钟复习完善上午学习的内容，这时候也是闭眼回想或者翻翻书。接着晚上6点到8点是我们大脑记忆的高潮期，将这一天各个学科的学习任务和内容在头脑中梳理一遍。最后在睡觉之前15分钟，在大脑中再回忆所有的知识点，每天如此，形成习惯。这时候你回忆这一天所学的知识，只想重点、难点和典型题目，增强记忆效果。

二是养成每周学情总结"思维导图"习惯。建议同学们采取知识强化记忆的方法，看着课本的目录，回忆基本知识。我最近在四年级上课，教导他们怎么看书，如果不能学会看书的方法是无法实现自学的。希望大家每周都重过一遍教材教科书，如果确实想不起来就重新翻翻目录，翻翻笔记，重新记忆，一边回想一边绘制思维导图，梳理记忆，形成知识体系。

三是养成重视每月"限时作业"诊断习惯。学校一个月安排一次"限时作业"，检测一个月的教学情况。因此，"限时作业"后，同学们要认真总结存在的问题。对一个月来的学习要进行"查缺补漏"，属于反思这一个月的学习情况，找出阶段学习和考试技能方面没有掌握牢固的知识，要制订计划，再"回头看"；属于考试技能技巧的要吸取教训，防止下一次重蹈覆辙。每月同学们都要认真总结和查找自己这个月学习中存在的问题，对一个月来的学习进行查漏补缺，反思情况，找出学习和考试技能上没有牢固掌握的地方，制订计划认真整改。如果属于基础上的，就要吸取教训；如果属于考试技能、技巧的，就要平时加强训练，绝对不能靠考试之前那几次模拟才解决问题。在这里面我还要特别强调，每个月的总结表彰会，大家一定要写一篇反思日记，也请班主任老师帮助每一个同学落地落实。只要坚持，即使现在八年级了，也一样来得及。坚持下去才能制造拔尖和顶尖，不然650分、655分永远与你没关系。同学们、老师们，这就是基本功的细节所在了！

第三问：究竟为什么要推荐"日周月循环学习法"？

"日周月循环学习法"有四个好处。

一是能够最大限度优化学习过程。因为每天都要清，每周都要结，每月都要练。

二是能够最大幅度提高学习效益。什么叫效益？就是单位时间里面获得的成果，这和效率不一样，效率就是快，而效益是又快又好。

三是能够最大限度改变学习习惯。只要下定决心，坚持去做，21天就有改变，因为21天就可以形成一个好习惯。

四是能够最大限度提高学习成绩。把学习常规真正落到了实处，成绩稳步提高。不用考虑自己现在的起点有多低，一定要坚持笑到最后，唯有坚持不懈，才能笑到最后，才能成为"黑马"，才能笑傲江湖。而本身就起点很好的同学们，你们更要不断超越，超越本校，成就区域领先，向全区的前3%、2%冲击！如果你现在已经是第一了，你又该怎么办？冲击满分！有了一个，就冲击两个！有了两个，就冲击三个！永远保持着不断前进的动力，形成良性循环！

唯有不断地螺旋式上升，循环式递进，才能成为真正拔尖、顶尖的人才，才能真正实现自我的超越，我坚信你们的保底高中一定成！理想高中一定行！梦想高中一定能！

学法无限，学无定法，学贵得法，学法贵用。期待同学们，学习借鉴运用"日周月循环学习法"，尽快找到适应自己的有效高效的常规"学习大法"！

青春在场：人生能有几回搏

——在2022学年度第一学期九年级9月总结表彰会上的讲话
（2022年9月）

参加九年级的表彰会，心中有两个感受。一是欣慰，我看着大家从七年级就进行这样的表彰总结一直到现在，有的同学拿了很多奖状，这让我很欣慰。二是惊讶，今天年级组长付老师的月度总结在提醒过期中考试时间之后，紧接着下面都是对大家存在"问题"的尖锐提出，我第一次听到，觉得心里面有些"难受"，这一届九年级如果继续这个状态那就有些可怕啦！所以，今天我要给大家提醒提醒。

九年级意味着青春期的第一次大考即将进行，你以什么样的状态来对待即将到来的中考呢？如果说刚才付老师讲的现象是"普遍"现象，那就是十分遗憾的。也许你们今天开始的状态事出有因，我还将在会后继续调研的，利用今天的总结会的机会，给大家讲话，就算与大家谈个心吧。

一、"玉树临风"与"井底之蛙"

今天的第一句话，是我想以（1）班的李同学为例，对他以及和他问题相似的同学说的。李同学，之前老师质量分析会的那天，关于你的情况，我当场追问了老师们关于你的很多细节，关于对你的培养，班主任曹老师、年级组长付老师、教学主任冯老师等都是很用心的，充满期待的。从你第一次脱颖而出的时候，我就跟你的班主任曹老师相约，一定要倾力打造你、培养你。之后老师们想方设法为你设置各种情境去鼓励你、支持你，让你提升。你一次次拿到令人欣喜的成绩，让老师们和我都很欣慰，可见你也很珍惜大家对你的信任，很努力。但是为什么最近你松懈了呢？其实我在中学的时候也有一段时间非常松懈，当时我也不是不想学习，但是就如同刚才孔同学所说的，我也曾走了一个"弯路"——一段时间看小说课外书，影响了正常的学习进度，以为自己的成绩已经很可以了，就迷失了。我的实力还差得远呢，甚至连第一名都还没"垄断"，但是居然就已经沾沾自喜自己的成绩了，这是多么可怕的事情啊！总成绩也略有下降，得了年级第二名。还好有我当时的班主任张老师，在他的敏锐及时教育下，我发现了自己的问题，于是我很快改正，及时调整，重归年级第一！"玉树临风"，我在这里用这个词，其实是在传达一种"登高望远"的概念，"欲穷千里目，更上一层楼"，人哪，不断地搏击向上，攀登高峰是很重要的。如果说只去做"井底之蛙"，认为天只有井口那么大，那你就永远没办法跳出这口井了。如果有一天，有一位好心之人，给你一把梯子，带你跳出井来的话，你一定会视野打开、脑洞大开。今天，我和老师们都愿意给你这把梯子，做你的台阶，让你爬出这口井，请你一定要咬牙坚持下去，继续拼搏，好吗？请大家也一定要咬牙坚持下去，继续一起拼搏，好吗？适度适当地休息不是不可以的，但不能完全松懈，即使你已经功成名就，但仍不应停下前进的脚步。像我已经是这样的年龄了，还一刻也没有放松学习！活到老，学到老，拼搏到老，这是一件终身的事！

我今天以李同学和我的过去为例，因为像他一样的同学还有很多，但是我和老师们永远对你们是充满期待的，我们相信只要你重新启航，不论什么时候，你们一定行！我刚才说了，今天想用聊天的方式跟大家讲讲心里话。我特别痛心一些同学，还没走到自己的高峰就自行搁浅了，就骄傲了，眼睁睁让自己成功的道路又曲折坎坷了很多，希望大家能够避免这样的情况。人一生中有错误是在所难免的，贵在迅速认清，及时调整，善于纠错，一切都会更好的！一正一反，有了对比，把坏事变成好事！这就是辩证法的魅力了！

我刚才在会前跟（4）班张同学聊了几分钟，其中谈到了年级第一的问题，我突然考虑到了一个问题，当大家说我要考第一的时候，这个"第一"，到底是基于满分的"第一"还是达标的"第一"？这个"达标"，到底是"超标"的"标"还是低标"的"标"？想着想着，我就特别希望我们这一届九年级的同学能够有一种"人生能有几回搏"的精神，希望大家不要因为自己取得的一些小小的成绩就骄傲自满，要谦虚努力，把格局放大。就像我对张同学，不管他的成绩在什么位次，我了解并且相信他的实力，始终都要用高标去要求他以及要求像他一样的每一位同学，我希望你们自己也要用高标来要求自己。你们这个年龄会走弯路是很正常的，但是同样的问题错了一次不能再错第二次，老师们也只不过是在用过去的经验或者失败失误的地方跟同学们来分享罢了。人贵在什么？知耻而后勇，知错而能改！请大家一定要记住。

二、"拼搏精神"与"矢志高标"

我一直在说这届九年级要有"拼"的精神，要有"博"的意志，要有高标。但是看了近期大家的学习状态，尤其是满分率，我有些失望的，因为大家还没拼，还没博，甚至目标都还有点低。刚才董同学讲了一个观点，其实也是别的年级成绩优秀的同学讲过的共同观点——课堂的学习效果问题。什么是最好的学习方法？最好的学习方法一定是重视课堂！

我刚才在会前跟张同学聊的几分钟里，我也问了他在目前的课堂学习中有没有什么好经验，觉得自己有什么不足之处。他谈到了自己在道法课上手边会一直放着知识点，老师讲到哪里，他就跟着圈画到哪里，所以这次他的道法成绩有所突破。同时，他也谈到感觉自己课堂时间的利用率还是不够高，有的时候还不够专注，笔记记得也不够好。我认为他抓住了自己问题的关键，这就是精准查找到问题了，下一步就是针对性解决继而提升了。想要学习更加突飞猛进，就多给自己一些细节，课堂上多多动笔记录，一定会再造神奇！

我一直说目标，这个目标指的是"高标"。什么是"高标"？各个学科的满分就是我们的"高标"。满分意识要贯穿我们思维的始终。看一看你的各个学科，哪一科能够拿满分？如何才能拿满分？如果这次拿到了满分，下次还可以吗？下次有没有可能再增加一科拿满分？就像龚同学刚才说的，时间不等人，一定要认真规划安排，每次都要有更新更高的目标。我不努力，我的"对手"还在努力呢！我要比"对手"进步更快，自然也要更努力！相约共同拼搏！

三、"学贵有疑"与"学贵得法"

刚刚毕业的这一届同学们创造了一个很好的经验，我希望你们能够借鉴，并且成为习惯。这一届生源基础并不是最好的，但是他们产生了两个历史性成绩：一是总分优秀率达到100%；二是所有参加考试的同学都超越了他们的保底高中，去了理想的重点高中，还有部分实现了梦想高中，因为他们拼搏了，所以他们都不同程度地超越了自己，还出现了很多像王蕙同学一样的"黑马"。现在，我们九年级了，一定要有主动质疑、主动学习的精神，一定要有自己的问题，然后主动去约老师，解决问题。要知道这一届配备的老师是很优秀的，特别是还加强了数学、物理这两个重点学科，所有的老师都是刚刚从毕业班下来，又带这届新的毕业班，都有极好的经验加持。最近，为了更好地为大家服务，学校在研讨，将继续推进导师制度，根据大家的需求，提供跨班甚至跨校的精准服务。所以大家一定要学会找到自己的问题。

刚才无论是（1）班的李同学，还是（4）班的张同学，他们都能够主动地把自己的问题找到，包括学习上以及思想上存在的误区和问题的主要方面，这是很好的。之后就是针对自己找到的问题，认真整改提升。今天我想跟大家分享斯坦福大学的黄金学习法，我认为这是终身都可以让大家受用的好方法。

一是归纳类比。理解内在的规律原理，通过已知内容理解新概念，在新的问题情境中合理运用原理，做到学以致用。

二是精修勤练。特别是在"双减"背景下，要勤练动笔，多次反复，但是要精修精准，找到问题所在。你与高手的差别在哪里？就在自主的时间到底在做什么。你荒废的时间可能正是别人提升自己的时间。刚才我为什么要点到李同学，直接用他做例子，给他"猛击一掌"，也给像他一样的同学"猛击一掌"，这其实是对你们最大的爱呀！这也是一种爱护、培养的方式呀！

三是自我生成。这里说的就是目标，我特别欣赏刚才发言的董同学和孔同学，刚才他们在进行经验介绍的时候，反复说到了目标，尤其他们两个同学还实现了自己制定的目标，然后我发现他们不仅是有目标的，而且这个目标是非常适合的。正是因为他们有目标，所以才能坚定不移地跟随目标拼搏，最终获得成功，可见自我生成目标是很重要的。而且我还要再次强调，自我生成的目标不能比历史低，只能是一次比一次高，这样才能形成良性地发展趋势。

四是想象玩耍。大家要思维灵活，打开想象。玩耍是啥意思？是劳逸结合。谷爱凌到美国参加开学典礼，斯坦福大学的校长力排众议，请她做新生代表发言，因为他认为谷爱凌做到了把体育锻炼跟学业有机结合，促进了左右脑的平衡，做到了劳逸结合。所以今天我也来说说关于休息的问题，大家一定要好好睡觉。斯坦福大学睡眠研究所号称"世界第一睡眠研究所"，从事睡眠研究超过40年，在他们著作中曾经谈到，每天中午如果能够进行15分钟深度睡眠，之后大脑的激活度超过8倍效应。现在，只要是到校上课的时间，学校基本都能保证大家每天至少有40分钟的午觉时间，这正是斯坦福大学对提升学习能力效益的午休的一个重要建议，希望大家一定要重视这件事情。我希望九年级人人都能知道，午休这件事情的可贵，自己要休息好，同时不要打扰别人的休息。有良好的休息才能提升工作学习的效率。

五是可视化。对同学们来说可视化的第一点就是好好记笔记，"好记性不如烂笔头"。第二点就是结合第一条归纳类比，善于建构思维导图、树状图、矩阵图等各种图表。自主地进行思维导图的建构，形成自己的知识体系树，不是等着老师带你去做，而是主动自行提前做，认真经营自己的学习，每一课、每一单元都进行总结建构，甚至可以跨学科去做，达成更好的学科融通，这也是明年的重要考点之一，是新课程方案和新课程标准的新要求。第三点做好总结反思，比如说今天的会后就可以写一下反思日记。我利用今天这个机会给大家说了这么多语重心长的心里话，希望大家也能真正地反思一下自己近期的各种情况，在日记里写一写自己的心里话，也希望班主任老师、语文老师能够结合今天的总结表彰会，要求每一名同学都写一篇反思日记，细致反思自己成功和不足的地方，然后认真思考自己的问题，找到自己下一步改进的措施和目标，也可以谈谈今天听了我的这番话后，你内心的真实想法。同学们，今天我将同样的方法说给了七年级和八年级的同学们听，希望他们形成习惯，也希望你们能够真正落实这件事情，一周至少一篇，坚持下去。一个能够不断反思自己的人，一个能够不断反思来改变提升自己的人，才能收获真正的成功。要知道反思日记，除了能够让你更好地反思自己、认清自己之外，还能在潜移默化中提升自己的写作能力，一举多得，何乐而不为呢？

我预祝九年级的同学们在期中大考当中，拼起来，实现高标精进！我相信你们能够做得更好。我也会更多走进大家的课堂，和老师们一起去关注指导大家，一起努力！让青春在场，让拼搏飞扬！创造九年级第一次期中大考的优异成绩！

乘胜追击：高标冲刺区域"三五八十"翻一番

（2022 年 12 月）

今天，我特别高兴参加八年级第一次期中限时作业的总结表彰会暨期末考试动员会。每次我参加八年级的会议，心里面都有一种莫名的亲近，因为你们总是让我感到高兴，总是让我觉得更加自信。因为是线上会议，不仅是同学们，我也希望邀请家长们利用这个机会听一听。

一、"可能性"的问题

（一）过去

七年级的时候你们就创造了历史，我清晰地记得当时寒假之前的期末考试，有一名同学进入了全区的前3%，这是历史上很少见的，后来暑假前期末又一次区统测时，有两名同学进入了全区的2.2%，也就是如果还以3%这个指标来看的话，大家是翻了一番，由一个变两个，同时在前期的前10%这个位置，也由早期的5个左右到第二次的13个左右，这样就实现数字的个位数到两位数的累积，是相当漂亮的。这种可能性都让我对你们这次八年级的考试更有期待。因为大家一直在向上的趋势中，增长的过程中，所以我今天的主题叫作"乘胜追击"，因为大家的七年级是胜利的，"拔尖群体"已初具集群矩阵，我们的中间群体也在你追我赶，跟过去比、跟其他年级比，都是高位的，因为你们遇到了这一届的好老师，遇到了学校领导的高度重视亲自推动，遇到了年级组长王老师及毛校长助理带领的优秀教师团队，再加上你们自己的不懈努力，实现了这种历史的跨越，实现了你们在七年级的时候就创造了如毕业班状态一样的奇迹，连跳三级，跨了三档，一下就将原本制定的三年后的目标提前完成了。你们在七年级就有了毕业班的作风，毕业班的灵魂，毕业班的气质，毕业班的课堂，这高起点是非同凡响的。

111

（二）当下

这次年级的总分是含体育790分，不含体育的话是740分，体育50分。那么刘思成同学不含体育考了729分，与满分740分只相差11分。在质量分析会上，老师们介绍刘思成等类似的同学的经验做法，他在期中考试前就给自己定了一个总扣分控制在15分之内的目标，请大家注意，这是一个特别好的现象。刘思成同学得过年级第一，李羽桢同学得过年级第一，这次黄一同学得了年级第一，而且出现了这么多含体育的，不含体育的总冠军，这么多的人群出现是很可喜的。本来八年级的成绩因为"八年级魔咒"应该是下降的，也就是说进入一个低谷期，但是以刘思成同学为代表，这一大批同学不仅成绩没有下降，而且处在上升的状态，这是很不容易的。特别是这一次出现了总扣分在11分，大家想想，今年中考的满分是660分，655分以上光海淀有500多人，朝阳也有100多人，650分以上，全市有1000多人。请注意得655分相当于是八个学科一共只扣了5分，650分就相当于含体育等八科只扣了10分，所以就有大量的学科必须是满分的，而即使是像数学、物理、语文这些难满分的，他们都能够得满分，甚至逼近98、99这种顶尖成绩。刚才校长助理毛小军宣读的一个优秀结果，就是满分的总人数、频次特别多，你们是三个年级当中满分人数最多的。所以刚才高黄雨寒同学做经验介绍的时候，我就觉得她真的是有大才，她今天的PPT发言是我至今以来听过的学生介绍经验里面最好的，高黄雨寒同学你太了不起了，从你今天的发言就能看出你的思维太有水平了，你的未来绝对不可限量！也代表你未来绝对能够夺冠！只要你坚持这个"捉羊"行动规划设计落地，我对你有信心！

（三）期末

今天开的既是总结表彰会，更是期末复习考试的动员会和培训会。年级组长王老师非常聪明，选择了一个特别好的时间召开这次总结表彰会，选晚上的这个时间，家长也可以一起来听听，我建议家长在家的，同学们都要动员他们过来听听，这是一个难得的机会。今年是1月7日放寒假，也就是说从现在开始到期末考试还有一个月，差不多30天的时间，应该说这个时间还是宽裕的，在这种情况下，大家就可以倒计时了，加起来4周时间，那么这个4周时间就能干成大事。

因为3周就可以干成大事，也正如俗话说的"不管三七二十一"，也就是说，一个好习惯，最弱的孩子，最多用21天就可以形成，听会的家长也要有这个信心，不管孩子基础怎么样，只要认准了坚持21天也就是三周的时间就一定可以进步。其实对于优秀的孩子来说一周就可以了。稍微弱一点的，也就两周。因为这是大自然的一种法则，更是你们这些孩子青春期的一个成长密码，要相信自己的能量，只要你有坚强的意志。我刚才听高黄雨寒同学谈到"满分"的认识理念很有价值，她有很多的小技巧，比如"养羊计划""捉羊计划""期末规划"说得太好了，你的PPT也做得很好，又形象又有逻辑。希望你写成文章，然后把你这篇文章推荐到有关媒介上去发表。

今天年级组长王老师把表彰会的主题设为"机遇与挑战并存，狭路相逢勇者胜"，我认为特别好！尤其是"狭路相逢勇者胜"这句话是我特别赞赏的，我对"勇者胜"特别期待，这绝对是有志气、有战斗精神的，也正是党的二十大提出来的要有斗争精神，敢于去跟强者PK。我在确定今天讲话题目的时候并没有看过王老师定的题目，但是却神奇地与这个主题相吻合，这就说明斗争精神是同学们身上的闪光特点。

二、"可行性"的问题

我说的可行性，主要是指对即将到来的期末考试，为大家做一些建议和分享，主要是说三句话。

（一）"双减"时代比的是"自主"

"双减"新时代最重要的策略是什么？刚才王组长总结的，包括你们七年级入学时倡导的，学校新十年大力推进的，以及我力主强调推行的策略都是两个字——自主！成为自主学习的小主人，在你们这一届身上我看到很多的光辉典范，看到一个又一个同学做得特别好。"双减"时代比的是"自主"，比的自主是什么？要了解这个，首先就要清楚"双减"减的是什么，"双减"减的是不必要的培训，减的是无效的过重的作业。但是我想在这里说的是，万事都有两面性，有减没增是不可以的，所以要增什么呢？我曾经反复说过，同学们要常备"三个本"，即"错题本、笔记本、反思本"。今天下午的时候我参加了六年级的总结表彰会，这是他们的第一次学生总结表彰会，其中有 4 个孩子发言，当中 3 个都提到了课堂笔记本，这些都是好孩子，这还不能作为优秀必备的说明吗？刚才高黄雨寒同学的经验介绍，包括以前像黄一同学、刘思成同学的经验介绍中，都提到了"三个本"，这就是有共性的，所以今天我再次跟大家强调，如果大家要同舟共济，整体向前跨台阶，在全区进入一流方阵、顶尖方阵，没有"三个本"是绝对不可以的。衡水中学的"五大秘诀"第一个就是"错题本"，如果在座的同学没有"错题本"，拔尖就会跟你没关系。笔记本，尤其是课堂的随堂笔记，肯定要记，而且高黄雨寒同学刚才也说了，还要根据你的情况当场就记。我当年为什么可以从班级第一名到年级第一名再到学地区第一名，最后到全市第一名？其中一个经验就是课堂认真记笔记，然后课下自行反复琢磨，最后整理好笔记本，这就让笔记有了真正的意义。当我说到"反思本"的时候，肯定会有同学会有"就剩一个月，还做什么反思"这样的想法，要知道一个人拥有反思能力是特别好的。我曾经说过，江苏张家港高级中学校长高万祥老师之前是一名语文特级教师，他引导他们学校的高三学生在每天睡觉前 15 分钟时间，记日记，就写 15 分钟。我也要求同学们写 15 分钟，我不要你每天都写，人家是天天都写，你们每周写 2~3 篇，明年读书节，我们一起来分享展示。就是鼓励大家一定要自主进行反思，这是"双减"时代的一种高阶能力，叫元认知能力的第一特征。今天有什么重大事件？有什么深刻体验？有什么特别感觉？有什么重要启发？有什么深度共鸣？有什么创新办法？每天都进行这样的反思，你必然能有更快速的成长和提升，一个有极佳反思能力的人一定是个"高人"！

"双减"时代，别指望别人，只能靠自己，当然我在这里也郑重地强调，学校能够承担的责任绝对不会推诿给家长。就在前两天我听说有七年级一个同学晚上 11 点给老师发语音提问题，我今天还专门表扬了这个同学，晚上都 11 点了他遇到不懂的问题能想到马上去问老师，这是多强的自主性啊！当然老师也是第一时间就给他进行了回复解答，师生共同努力，没有让"问题"过夜。

（二）"双新"时空比的是"融通"

我在这儿讲"三通"。

第一个叫作"目标通"。什么叫"目标通"？就是我常说的"三兵合一"。即"前有标兵，后有追兵，我就是骑兵"。所以尽管还有一个月考试，但是目标融通不能少。你的标兵是谁？你的追兵是谁？

第二个叫作"魔咒"通。上半年的时候，我给你们讲过八年级"魔咒"现象的话题，经过剖析和一年多的应对研究，你们在七年级下学期和八年级的时候，对"魔咒"已经不再那么惧怕了，因为你们这一届在八年级不仅没有下降反而还上升了，所以你们拥有了打破"魔咒"的本领和经验，不再害怕。主要是解决了心理上的问题，在刚才高黄雨寒同学讲的关于心理训练这一点特别好。这里边的心理怎么调试？我有许多小技巧，比如大家要学会深呼吸，没事就进行深呼吸练习，既是体育锻炼也是一个安抚心灵的技巧。学会了深呼吸，经常反复练习，只要4个八拍就可以让你的心率平衡。刚才高黄雨寒同学讲了一个例子特别好，满分是怎么得的？就是说不管什么程度的卷子，将所有省出来的时间，做第二遍、第三遍的检查，满分就是你比别人多做一遍，多做几遍检查得来的。希望更多的同学把"魔咒"融化掉。

第三个叫作"综合通"。因为"双减"之后，特别是"双新"，即新课程、新方案之后，未来的命题发生了不小的变化，现在要强调学科融通、实践融通、综合应用，不光是死知识，还要与生活的融合，还要有开放题和创新题。所以这样一些综合性的题目，要打破学科之间的壁垒，重塑学科之间的联系，要对这种题目特别关注，做到综合训练，既分析又综合，既贯通又融通。

（三）"期末"时刻比的是"顶尖"

"顶尖"就是"拔尖"中的高标，一定要敢于在"一分三率"的四个维度上高标定位和强化训练。如果你不想着满分，满分就永远不是你的，我们要坚定自己可以获得满分的信心，每天钻研，正所谓"日有所思，夜有所梦"，这其实也是有巨大能量的，也是一种赋能，需要强化训练的落实跟进。在这里面，我想提"三练"。

第一个叫作"限时练"。你自己要有个小闹钟限时训练，比如这个练习需要做20分钟，你10分钟就做完了，剩下的10分钟做什么？也做练习！什么练习？

做我曾经说过的"三不"练习，也就是限时训练时自觉进行"不抬头、不停笔、不说话"的自我训练。

第二个叫作"攻关练"。一定要聚焦自己的薄弱学科，比如刚才冯同学发言中就提出了要抓住"作文"的薄弱点，进行攻关强化训练，如果你的作文缺乏诗意，你就专题攻关引用诗词歌赋，解决诗意的问题；如果你的作文缺乏哲理，你就重点阅读文摘，解决哲理的问题，那你离拥有满分作文就不远了。

第三个叫作"满分练"。敢于得满分，8个学科总有一个你能得满分的学科，顶尖的同学一定要有五六个满分学科保底，这就是自我高标严格训练，容不得丝毫松懈，只要专题复习、综合复习是经常性的"满分"，通过对技能技巧反复琢磨，体悟体察，找到感觉了，满分也就不再那么"高不可攀"了，而是"自然而然"了，诚者自成了。

我刚才说的这些方法都是公用的，所有的同学都可以用。有的同学可能会说我的基础有点弱，我只能拿到60分，那么你就把60分定成你现在的满分，大家都要提前定下目标，然后一起向它冲刺！在实现"一分三率"这个成绩维度要素的同时，在这个阶段也是对大家的德育意志品质的训练，体育锻炼要坚持进行，音乐、美术要穿插调剂，实现劳逸结合，同时也在自己的休息时间帮爸爸妈妈做点家务事，扫地、洗碗或者做几个小菜，然后劳动回来把这些体会写成小文章、小练笔、小日记，这不就又跟教学融通了吗？今天参加了体育锻炼，坚持住了或没坚持住，都把你的体会经验和心理状态写下来，这不就又跟语文作文连在一块了吗？进行物理学科练习的时候，考虑到数学知识的综合使用，这不就又强化了学科的融通融合吗？如果大家都可以这样细细做来，我相信我们这一届一定能够在八年级的第一次区测期末大考当中斩获更好的成绩，创造新的奇迹，实现我们高标"三五八十"整体翻一番的目标！

虽然线上学习、复习既是高标达成"窗口期"，也是高危分化的"分水岭"，但是我坚定地相信大家能够实现！因为八年级有富有战斗力的优秀教师群体，八年级有竞合力强的学生战斗群体，八年级有充满协同力的家长支持群体！特别是八年级已经形成了一种集聚、集优状态的"拔尖集群矩阵"，我相信这一次八年级的寒假期末检测一定成功！只要现在早规划、早突破、早行动，提前一个月就下手，把每堂课和课后时空都抓住了，必然能够成功！

一句话"狭路相逢勇者胜"，乘胜追击，为夺取八年级第一次区统测的全面新胜利——实现区域"三五八十"翻一番的跨越性"高大上"目标而努力拼搏吧！

舞勺豆蔻：让青春的起步更有力

——在2022学年度第一学期七年级期末总结表彰会上的讲话

（2023年1月）

据了解，每次的表彰总结会总有很多同学期待我的讲话，我也自信这一点，因为很多同学一定会关注他自己当天会议的笔记要怎么做，当天晚上的日记要怎么写，会关注自己听到了什么，听懂了什么，甚至是校长为什么要这么讲。刚才在会前，我为什么推迟一点时间，邀请家长们也一起来听，而且我的讲话还要主动打开视频呢？就是不仅要让大家听到我的声音，也要让大家看到我的表情、动作、神态，这其实就叫作"多元智能"理论应用。单独一个器官的听讲效果，是绝对没有多个器官一起调动来听讲的效果好的，"手脑耳眼口"一起动起来，是一种有效促进效率效益提升的好方法、小妙招。

为什么要定《舞勺豆蔻：让青春的起步更有力》这个题目呢？大家知道，同学们都是6岁上小学，经过6年的小学历程，12岁到了初一，现在基本都十二三岁，这可是个不一般的年龄，古人赋予13岁到15岁的孩子两个美好的词语，于男孩子称之为"舞勺之年"，所谓"舞勺"其实是一种文舞，也就是文武的代表，"舞勺之年"标志着男孩子们要开始挑战文武兼备了。现在在座的男孩子们，你们进入了青春期，变得更加有力量，你们要更具责任感，要有一副"大胸怀"。于女孩子称之为"豆蔻年华"，所谓"娉娉袅袅十三余，豆蔻梢头二月初"，豆蔻是还未开花的时候，它的花骨朵儿有形且丰满，水灵且粉嫩。现在在座的女孩子们，你们的少女时代刚刚开始，正处于人生最美的年华，你们要更有担当，要有一副"大肩膀"。

今天给七年级讲话，我之所以用这个题目，就是因为你们应该已经可以初步感受到自己的生理和心理的发育与以前很大不同了，逐渐开始了美丽和力量的有机融合。万事万物都有这样的辩证法。我相信刚才我在结业式上对全校讲话的时候，一定有认真听的孩子在做记录，比如杨斯媛同学，我相信她一定会做记录并在晚上写日记的。所以我说要让你们的青春起步更有力是有特殊意义的，也是有科学道理的，更是以生物学的基本科学为出发点的。今天我想跟大家说三句话。

一、最美青春是伊始，"初中开局"实在漂亮

刚才年级组长宋老师做了四个亮点总结，这是目前我听到的中学年级组长总结中最好的。期末表彰会不总结怎么行？不提升怎么行？不归纳怎么行？宋老师提了四个亮点，而且都是有依据，有数据支持的。刚才冯主任在宣读表彰名单的时候，特别说了七年级的开局满分，创造了历史，跟过去同届相比数量多，学科覆盖面广，难点学科也有了零的突破。而我要说这个学期有含金量的是三次考试，而这第三次是最有含金量的。刚才我在九年级与年级第一名的同学对话，她原来也是得过第一的，这次又回归了第一，这是多好的事情啊！她小学的成绩并不是最好的，但是到了中学，她却率先在七、八年级的时候进入全区前2%、3%，这是什么？这就是"王侯将相宁有种乎"，我看到了七年级也出现了同样情况的同学，我相信以杨斯媛同学为代表的优秀同学表现绝对不是"昙花一现"。我不期望"昙花一现"的同学，那是不可长久的，但是"昙花一现"也是有原因的，如果这个同学出现了"昙花一现"的情况，那我一定要追问，是哪个方面、哪个学科出现了问题？今年假期老师们都会开学科质量分析会、总结会、反思会，我要求老师们是要扎扎实实，点对点地排查下去。所以我要为宋组长今天的发言点赞，他是用心了的，不是简单的报幕员、串个场，而是有思维空间的。冯主任的表彰讲话也是充满感情，充满欣喜的，这样的会才开得有价值，开得振奋人心。不过在这里我还要多说一句，七年级还可以再学一下八年级选择开会时间的智慧，那就更好了。任何时候的任何事，如果只是当成一个差事，当成一个过程，走一走过场就算，那就低档了，成绩出来的时候，自然能在比较当中看出差距。今天，在这里我要说七年级的四个亮点。

（一）重点难点学科，有满分突破

所谓重点难点学科是什么呢？在初中阶段主要体现在数学、物理和语文这三大学科上。这三个学科得满分很难得，但是可喜的！七（4）班的刘仲尧同学和

七（2）班的田泽楠同学荣获了数学满分。大家可不要小看数学满分，今年期末考的是区里边出的卷子，而且学校要求判卷老师严格依据标准去判的，在这样的情况下，还能获得满分，还是在数学学科上，这就给大家带来了一个信心。我要表扬刘仲尧同学，12月31日，他带领同学自主自发举行了跨年元旦联欢会，我和两位班主任老师也被邀请参加了，实际上当时我的身体还不太好，但是带病坚持观看了全程，并且在开头和结尾都给他们做了点评讲话。刘仲尧同学的组织能力、动员能力以及满身的正能量让我印象深刻。今天，我在结业式上也特别讲了这件事情，现在还要再次说到，并不是因为你们邀请了我，而是因为你们这种自主的行为是我所最期待的，当然也征求了班主任的意见和建议。就像我说"写日记"这件事，有的语文老师、班主任只是听听就过了，而有的语文老师、班主任却记在心中，有的同学、家长却记在心里，而且认真落实了下去。我作为校长反复强调过这件事情，我可能不会特意去问你们写没写，写了多少，但是如果你们能够自己有意识地去主动写，对你我来说就是最美好的事情。我刚才说"最美青春是伊始"，"舞勺""豆蔻"都是美好的词语，你们也正处在青春最美好的年华，而你们七年级的这个开局更是漂亮，因为我们有了重点难点学科的满分突破。

我今天也要表扬的田泽楠同学，他的班主任是年轻但优秀的游雅静老师，在班主任的带领下，田泽楠同学充满了爱心，充满了智慧，和班主任一样热爱学习，就像班主任的名字一样：游，运动不息；雅，文雅聪慧；静，宁静致远。动静结合，文武兼备。有这样的班主任的带领，整个班级的班风定位也是如此的敢争善拼，我相信这个班级一定会越来越好，不可限量。

我今天还要特别说一下冯永新老师。冯永新主任是学校的中层干部，中学部的常务副主管，还带着七（2）班，也就是获得数学满分的田泽楠这个班的主要科目教学，居然创造出了满分的孩子，这可不仅仅是勤奋，更是智慧和学科引导能力强的表现。而且她的学校管理工作也相当不错，进步特别大，层次也很高，敢管善管，进入了一种新境界。去年她还成为学校"第一个吃螃蟹的人"，到六年级去代课，数学教学很有经验，很有办法，很有成效！受到六年级学生、家长、老师的一致好评，像冯主任这样的干部，学校会加大力度去培养。

（二）进步水涨船高，有高分集聚

在这里，我要表扬进步前五名的同学，进步第一名是林乐怡同学，来自七（1）李素娥老师的班级，进步26名。进步第二名是黄子轩同学，来自七（4）李春玲老师的班级，进步21名。并列进步第三名的是韩炳泽同学和邢晨同学，都来自七（2）游雅静老师的班级，他们和七（4）李春玲老师班级的郑好同学，进步都是14名。

我为什么要把进步最大的前五名同学放在总分前五名同学之前来表扬呢？同学们，我在意你是否获得了高位的好成绩，但是我更在意你是不是能够阶梯式进步，能不能由低位向高位走，能不能一直都形成自己的螺旋式进步的递进式波峰，但是这个波峰可不能是一泻千里，而是要步步攀高。刚才冯主任总结中有一个细节就是她多次说到高分差距接近，宋组长也提到有10个同学达到了高分集聚，这就是"水涨船高"，而且是整体定位。特别是刚才宋组长说到一个数据，年级平均分进步了37分，这是多么难得的呀！所以在此我要为进步前五名的同学点赞，你们实在太漂亮了！特别是林乐怡同学，能够进步26名，这可是接近1/3的名次，真是不简单。

（三）高位分差接近，有冠军蝉联

我要表扬年级前五名的同学。第一名是七（3）班的杨斯媛同学，班主任是张丽娟老师。第二名是七（4）班的刘仲尧同学，班主任是李春玲老师。第三名是七（3）班史悦溪同学。第四名是七（4）班的李东朝同学。第五名是七（4）班的任屹同学。最让我感到欣喜的是前五名的分差非常小，第一名跟第二名相差2分，第二名跟第三名只相差0.1分，第三名跟第四名只相差0.7分，第四名跟第五名只相差0.3分，这就是高位分差接近。特别是刚才宋组长说到杨斯媛同学的平均分达到了97分多，同学们，要知道当你的平均能够达到97、98分的时候，在全区就处于了"三五八十"之中了，而且很有可能是进入了"三五"的。

（四）满分人数新高，多学科覆盖

这次七年级总计满分人次达到74人，其中，文化课48人，体育课26人，数学2人，地理8个人，道法8个人，历史4个人，这个数量是不简单的。所以在此，代表学校领导感谢七年级的师生及家长团队，感谢大家的辛苦付出和智慧劳动！

二、最劲青春是冬藏，"寒假规划"大有文章

这是同学们初中的第一个寒假，跟小学时代是不一样的。我记得曾经有一位六年级的老师，他家的孩子也是刚上初一，他跟大家分享说自己家的孩子上了中学之后，他才感觉到中学跟小学是绝对不一样的，这是不深入研究、不亲身体验之前所不清楚的。刚才教学处臧副主任做了建议，我希望大家能够按照要求认真做。寒假中，大家要针对自己现阶段的学习情况，给开学时候定的"三所高中"的目标进行调整，按照原来规划书的格式重新修整，目标是不变还是微调？不变的理由是什么？微调的理由是什么？要详细记录，心中有数。

刚才杨斯媛同学发言的时候第一个就说到了高标规划，很漂亮，这就是抓得准！大家一定要做自己寒假的规划表、计划表、作息时间表贴在自己每天都能看到的地方，比如床头、书桌前。特别是每天的作息时间表，这次大家将要度过一个将近40天的最长寒假，一定要做好时间安排。

今天，我在这里提出寒假的"每日三省"，提醒大家一起对照。

（一）你能做到每天一小时的强力锻炼吗

大家要根据自己的情况，找一个地方，进行运动。不仅是为体育成绩打基础，还是在提高大家的免疫力。锻炼一定要高质量，要挑战自己。没有冬藏，何来春天勃发？

（二）你能做到每天早起大声背诵一小时吗

一定要大声背诵。在学校公众号我的一次讲话中曾经提过"哈佛黄金学习法"，其中一条就是"大声朗读"，而在这里我希望大家更进一步"大声背诵"。不仅是语政英需要背诵，数理化也要背诵，没有背诵就不能解决满分、高分的问题，特别是满分。

（三）你能做到每周的"3×3×7=高效"时间分配公式吗

这个每周"3×3×7=高效"时间分配公式，就是指"3×3×5+3×3×2=高效"。

这个公式的内涵我以前也讲过，在学校公众号学生总结表彰的讲话中有过整

理，我相信聪明的孩子和家长一定会对此有关注。在这里，我再次简单解释一下，所谓"3×3×5"就是上午3个小时，中午下午3个小时，晚上3个小时，周一到周五都据此安排自己的学习、生活、锻炼。"3×3×2"则指周六日，这与前五天有区别，每个"3"都要变成"1+1+1"，细化到一小时为一个单位去安排"50+10"、"40+20"或"35+15"。大家一定要这样设计自己每天的时间，以周为单位，然后每周又是"5+2"的一个设计，同中有异，异中有同，都是让人进步更快的小技巧。

上述的"三省吾身"都是寒假的规划"文眼"，其实就是一篇学会"冬藏"的大文章。大家一定要学会"冬藏"，"冬藏"是有技巧的。动物们会在秋天的时候收集食物，要么冬眠，要么把它储存在地下成为自己过冬的保障。冬天是一把双刃剑，如果不做好"冬藏"，就挺不过冬天；而只有挺过了，经受住了冬天的洗礼，你才能收获春暖花开，新一轮的生命成长才会更有劲！更有力！

三、最爱青春是可能，开学擂台预约践约

学校会在大约2月20日，进行各个学科的寒假作业学习情况限时作业检测，希望大家认真完成作业。在这里我要先给老师们提个建议，请老师们将检测安排为"8+2"，即80%的寒假作业内容，20%的开学第一周新课内容，不复习检测。所有老师出的检测作业我都要认真审阅的，如果命题不妥，必须重新命制检测作业内容！那么，接着我要对大家提三个小建议。

（一）"学法三问"

寒假是大家自学的时间，学法很重要。所谓"学法三问"就是"我自学的时候学会了什么？"真真正正地说出来，才能清晰认识到自己究竟学会了什么内容；"我自学的时候有什么疑惑？"将一知半解的内容统统详细记录下来，然后独立思考后咨询同学和老师；"我自学之后还能提出什么新的问题？"能够在自学基础上提出新问题，说明进步了，境界提升了。

（二）"自学八法"

一是"细读"，把书上的内容一字不漏地读出来；二是"重读"，这个"重"字既是说重要的地方要细致读，也是说关键的地方要重复读；三是"填填"，教

材上的基础题目空白，随手把它填上；四是"练练"，课后的习题，可以自主先练习；五是"提问"，前四步做完还有搞不明白的问题，把它记下来，向同学和老师提问；六是"讨论"，"提问"之后跟同学商量，跟老师沟通；七是"记忆"，当天自学的内容当天背诵，当天消化，当天记住；八是"猜作"，假设自己是老师，今天学习新知识内容之后，可能会留什么检测作业，会要求做哪些题目，按照3~10分钟时长，为自己准备短作业，或根据自己寒假项目研究，设计一小时及更长时间的长作业、周作业、大作业，这样的"自我检测"能力是新课程、新课标倡导的关键能力。

（三）两个"反思三问"

在前面自学自测的基础上，大家还可以追加两个"反思三问"：一是"我今天的自主学习是独立的吗？是合作的吗？是竞争的吗？"二是"我今天的自学是学习的小主人吗？是创新的小主人吗？是管理的小主人吗？"

希望七年级的各位同学、老师、家长，能够进行寒假学习、生活、锻炼、休息"一条龙"的整体设计、统筹安排。相约来年，在春花烂漫的时节，看到同学们的"舞勺"身姿和"豆蔻"模样，你们最美青春的起步已经很漂亮了，我对你们的未来更加期待，我坚定地相信经过一个寒假之后，2023年的新春，下一个学期，一定会看到你们青春华丽的盛装舞步，看到你们为成长奠定的有力臂膀，看到你们搏击未来长空的巨大羽翼！

拔尖创新："东风快递"的使命必达

——在2022学年度第二学期六年级学生表彰总结会暨衔接课程启动会上的讲话
（2023年2月）

今天应该是被记录在润丰学校新十年办学的历史上的，也是记录在润丰建校以来的十三年校史上的一天。润丰学校有这样三个定位：是九年一贯制的学校；是公办学校；是引进学校。既然是九年一贯，那么九年贯通就是学校的立校之本，既是出发点，也是归宿点，更是我这个到任第三年的第二任校长必须要带领全校教师共同做好的事情。或许我们的准备还没那么充分，我们的业绩还没那么充足，但此时此刻站在这里我想与各位同学、家长打开心灵的窗户，进行最真诚的对话。在座六年级每一个学生及家庭，在人生第一次升学的这个纠结阶段，最难的是什么？是选择！今天，我们就要直面这个话题，对于大家的选择，学校有自信！我们有首任卓立校长建校十年"和谐教育"办学思想引领，我们有第二个十年来的攻坚克难，前瞻思考，小胜中胜不断。一系列的"新政"多次印证我们过往决策、实践的正确、超前，一系列的成绩更印证着我们能够让学生实现升学梦想，这是我来到润丰的使命，也是我作为教育工作者的初心，更是朝阳区教委引进公办学校，引进名校、名校长、名师资源的一种回报方式。

今天我特别要向各位家长表示敬意和祝贺，特别是克服了种种困难，来到现场的各位家长，今天是上班时间，你们请下假是不容易的。我们把"提升三力勇拔尖，助力小初善贯通"作为今天会议的主题，利用上学期期末的考试，与大家一起进行总结表彰会。我们攻坚克难，我们目标导向，我们聚焦拔尖创新，因此上学期最后同学们的成绩具有相当分量的评价分析意义。

刚才获得金奖或者说并列冠军的同学提到了"预约的目标能否兑现"这个问题，实际上是自然地让人进入一个不能带有任何侥幸心态的自我心理磨炼之中，这话说得非常精准，但凡经历过了这样的磨炼，对于心理的成长是大有好处的。

刚才发言的张心怡同学也提到，她连续两次限时作业，包括期末大考都获得了冠军，这样的蝉联是非常难的，但是正是因为"目标导向"，实现了对于心理的历练，这其实是提前三年对孩子进行了一种大考的心理磨炼，受益可不只是未来的中考和高考，从这个意义上面讲，我认为今天的家长是幸运的，因为你们正面对着"历史的机遇"，正所谓"时势造英雄"，抓住了时代的机遇，就会实现英雄的辈出！

今年刚刚评上正高职称的中学部物理教师孙老师，还没有伤愈就提前结束了病假回校，而且仍然回到了初三的岗位坚守。开学教研员到校指导的时候，我与她们一起进行研讨，孙老师对我说："这几年，张校长您带领我们做的梦一个一个都成真了！"老师是见证者，见证了学校一个一个的高标赋能的梦想如约实现或提前实现。其实这些"高标"，当初大家都觉得难，但是现在，我们的预设目标都提前实现，甚至超越原定实现了。

我一直认为同学们——2023届的润丰小学六年级的毕业生，你们是幸运的。前面几届我们想开表彰总结会都是开不了的，而现在我们在这个豪华的报告厅里，如数家珍地娓娓道来自己成长的故事，享受荣耀巅峰的光辉时刻，吸纳中学学姐学长的宝贵经验，同时又比对身边的"英才学霸"高水平的实践智慧和高品质的成功体验，这是多么难得呀！刚才我听到小学五名同学的发言都相当精彩，相当有水平，未来可期。我来到润丰之后，在中学原有基础之上，不断创生和形成了这种表彰激励模式，进行到了你们这一届六年级的衔接年级，这难道不也是一种幸运吗？我相信，今天将是给家长、老师、同学三个角色"身份"的一次通透的讲话，我相信它一定会被记录进校史，也会成为大家未来比对梦想成真的重要参考。

同时我也要借此机会，代表学校领导班子，代表全体师生，向获奖的各位同学及家长表示热烈的祝贺！向为他们获得成绩，付出艰苦劳动、智慧劳动、拼搏劳动的老师们、家长们表示崇高的敬意和衷心的感谢！我今天发言的题目是《拔尖创新："东风快递"的使命必达》。我将从三个方面来表达。

一、我们的"东风快递"是什么？——竞合时代新十年！

"东风快递"是什么？我有幸作为中华人民共和国70周年现场观礼嘉宾，在天安门广场参加了中华人民共和国成立70周年的庆祝大会和大阅兵，让我们所有在场的嘉宾不由自主站起来鼓掌、欢呼、呐喊，接着全体咏唱《歌唱祖国》歌曲的那一幕是哪一个的"聚焦"呢？就是大阅兵的"东风快递"——火箭军，尤其是"东风快递"的最高端——东风41洲际导弹，这是战略威慑，这是科技顶置。同学们，"东风快递"就叫作"核心武器""国之重器"。那我们润丰新十年，我们有哪些创生的竞合"武器"呢？简单历数一下。

（一）我们传承了"和谐教育"的"理念新谱系"

其一，老校长卓立在全国最先提出并倡导的"和谐教育"。润丰新十年传承了"和谐教育"思想，并不断追问"和谐教育"的本质，认为"和谐教育"的本质是竞争，是竞合，是敢于亮剑，这是激起一池活水生命力的必备条件，否则就会是"死水一潭"。其二，把"放心托付"的办学愿景引申为"教育理想"，即"让学校成为孩子们一生当中到过的最好的地方"。其三，把"七星好少年"的目标培养聚焦到"培养有竞争力的现代中国人"这个"育人使命"上。其四，创生了"教育境界"，即"让学校成为师生的精神港湾"。以上这些都是润丰三年来的"理念新谱系"。

（二）我们描绘了"十五年路线图"的"发展新规划"

2020年6月，学校就在建校的第二个十年伊始，总结反思建校十年的办学经验和体会，有针对性地制定了"三大步四阶段十五年发展路线图"，也就是把润丰的发展规划从2021年做到2035年，总计15年的时间，并且把这15年划分为"三大步四阶段"。五年一大步，目前我们正处在"十四五"期间第一大步的第二阶段，就是"打造质量强校"，最迟实现时间是2025年，我们要成为北京市朝阳区最优秀的九年一贯制学校之一，这是我们的"必达使命"。学校历经两年时间，做了2.4万字的发展规划书，这在所有学校当中是最早的，而且也没有这么多字数的，更没有经过这么长时间周密思考的，规划书中都有附带的表格数据、目标的考核拟定，就跟同学们一样，学校让你们制定目标，建议大家有学习目标规划引领，并和学校的办学目标契合融生，这样就能更好地抓住机遇，成为"时势造英雄"的"弄潮儿""生力军"。

（三）我们创生了"A型飞体"的"治理新体系"

"东风快递"还体现在国家倡导的第五个现代化，叫作现代治理体系和治理能力的现代化，这个主要是说给在座的家长们听的。学校在第二个十年明确提出要改造学校的治理结构，形成新的机制体系，架构了1222的"A型飞体"运行机制，主要体现在"相信每个老师都是专业的，相信每个老师都是优秀的"的治理理念，贵在需要学校为教师的发展搭建平台，提供机会，目标引领，激励表彰优秀教师和拔尖教师的成群结队、不断涌生。

为此，学校创新了"一体双翼"的"双翼"建设——成立了学科贯通的大学科研究部和攻坚克难的"项目研究院"。首先是八大学部，赵昊辰老师就是英语大学部的部长；其次是16个项目研究院，其中大家知晓的"AI人工智能"就是学校的首个战略项目研究院，已经开花结果，并且由原来的三项增加为六项，还嫁接了一项元宇宙教育实验，特别是目前才刚刚出现的ChatGPT，更是带来了三大震撼，将创生学校人工智能以及学校科技的发展。解决国家"卡脖子"人才这个具有创新精神的问题，润丰人要先走一步，那么要怎么走呢？那就是在"一体双翼"之后，再有"两部双擎"及党总支部和督导部，今年是党组织领导的校长负责制的推进之年，也是学校要架构第三方督导机制的"倒逼"之年。同时还有学校校本的"369"优秀教师的阶梯式成长路线图计划和"两高人才"引进计划，确保学校如飞机般的"A型飞体"机制更高、更快、更强、更安全。

（四）我们建构了"五五课程"的"问学新课堂"

新十年正逢"双减双新"新政推进，在原有"三七"课程体系基础之上，结合新十年新中考、新高考的育人目标，结合课后服务课程建设，学校建构了体现"五育全覆盖"的五大特色课程，即"五五"课程，包括AI课程、国学课程、双语课程、美健课程、戏剧课程，努力彰显新十年学校发展的核心竞争力，并拓展到"双百课程"。同时，学校还建构并深耕新型"问学课堂"，积极倡导和践行"创新力"培养的"问学"思想，以问导学，先学后教，以学定教，问题解决，自主创意，新问立项，形成大单元、大观念、大结构的"四六"环节结构，这是带有鲜明的"拔尖创新人才"课堂化常态化的培养机制，这更是为了解决"卡脖子"问题的学校职责和光荣使命。同学们，你们要长大，家长们，国家要富强，这不是空话，这是"问学课堂"的由来和要去的地方。为此，学校架构了"五五课程"。为什么首冲AI课程？为什么选择双语课程？为什么架构国学课程？为什么推进美健课程？为什么创生戏剧课程？主要原因就是学校要让课程这个核心竞争力成为学校"东风快递"的密码载体。因此，作为家长和未来建设者的同学们，都要自立自强！学校已经前瞻思考，聚焦"拔尖创新"，从课程和课堂两个主阵地着力创新建构了，这是大家的机遇，也是一种幸运，共建共享，共创共赢！

二、我们为什么锚定"拔尖创新"——三年越十年

刚才大家从学校课程和课堂的超前规划设计及背景分析中，应该已经充分感受到急须培养"拔尖创新人才"的重要意义了。这需要从我做起、从现在做起。刚才中小学的多名同学代表发言都是"拔尖创新人才"的心路历程，这也就是我第二方面要讲的拔尖创新人才的培养。拔尖创新的内涵对小初衔接阶段意味着什么？时不我待、只争朝夕的三年，思考很深、付出很多、成效很大，在这里我想说五个方面现象"变化"及缘故：

（一）"三年中考"的"大步跨越"

大家特别关注近几年的中高考，那么学校的成绩现在怎么样呢？我可以自信地向大家报告。如果说用俗话来说，那就叫"越来越好，三年三大步"，如果说用一句话来概括，那就叫"不断地好梦成真"。2020年，学校实现了拔尖群体内部的4倍增长。2021年，学校总体区位跨档晋升三级，直奔A级。2022年，学校首次实现了优秀率百分百，更实现了参加中考的所有学生全部进入市区优质学校、优质高中，"拔尖"人群完成近3倍增量和"顶尖"历史新突破。也包括刚才分享的田泽楠同学和张佳伊同学，当年虽然没有经过现在这样的互动交流，但是在做选择的时候，他们的最终的取向仍是润丰学校中学部，这是非常明智的，因为他们从这里看到了希望和未来。

（二）"优质生源"的"只进不出"

骄傲地说，这3年学校中学部的优秀学生没有一个转走的，甚至还有一些优秀学生回归，这并不是因为学校进行了刻意的宣传，而是因为实打实能看到的成

绩表现。作为直升的九年一贯制学校，学校的直升实验项目——小初衔接课程主要就是立足于九四学段中第三学段六、七年级的焊接点贯通的。今年学校把小学六年级的下学期和七年级的一整个学期乃至八年级进行焊接，真正解决实质性的贯通问题，实现无缝对接。我也相信只要学校的质量让大家放心，大家又怎么会放弃选择这么明智的选项呢？更何况，学校的直升项目也全面契合了朝阳区两委官方提出的2023年工作重点之一——拔尖创新贯通培养。

（三）"中小学部"的"双优蝉联"

新十年的2020—2021和2021—2022两个学年度是润丰学校高质量发展的关键之年，也恰值"十四五"规划的开局之年，贯彻落实教育改革新举措的"双减"元年。两年来，学校全面贯彻党的教育方针，坚决落实中央、市区决策部署。第一学期以"质量强校：让学校教育'新基建'行稳致高"为工作方向，以"强化队伍建设，完善治理体系；强化双减工作，打造质量强校"为工作主题，抓住"双减"工作重要契机强化"五育"。第二学期以"高标冲尖：在行稳致高中矢志不渝"为工作方向，以"强化高效率队伍建设水平，严实现代治理体系；强化高效益双减实施水平，夯实质量强校品系"为工作主题，全面系统构建学校育人生态。在全校教职工的共同努力下，锐意改革、勇于创新，圆满完成了各项任务，实现了年度目标学校再度蝉联朝阳区"朝阳区小学教育教学优秀奖"和"朝阳区初中教育教学工作优秀奖"双优奖杯！

学校中小学管理团队优化教育教学治理结构，积极构建新课程体系，深耕问学课堂变革，加强教学质量常态诊断监控，坚持教育教学管理周简报机制，促进德育常规管理，提升双减课后服务水平，共同构建作业管理新样态。小学部坚持学生为本，着眼学生身心健康成长原则，创新工作思路，努力实现作业形式多样化和作业内容个性化，力求做到让"作业赋能"，让学生喜欢作业，让老师因为作业而成长；拓展课后服务渠道，满足学生多样化、个性化需求，充分调动教师、家长、社会优质教育资源，构建了"双百课程""五五课程"等课后服务新常态。中学部以质量提升为目标，拔尖创新人才培养为导向，以课堂教学变革为抓手，以"双减"为契机，不断丰富课程内涵，为不同需求的学生提供成为拔尖创新者的平台；不断精进课堂教学质量，分层指导，因材施教；不断完善课后服务，五育融合，分层走班，形成小组学习导师制的个性化辅导机制，实现教育教学效能和学业质量的双升。在2022年中考中，创造优秀率100%的历史新突破，拔尖创新人才学生人数增长倍增翻番。

（四）"一三五八"的"奇迹成长"

刚才小学和中学发言的同学，个个都有"来头"，人人都有"神奇"。中学的张佳伊同学小学就很优秀，目前的成绩更是已经进入了全区排位前1%，这是一个不可想象的好成绩。而且不止张佳伊同学，李羽楷同学也属于这个"方阵"，而像她们一样的同学，在中学部还有不少，他们共同成了一个"拔尖"集群，如战斗机一样集群，呼啸而过，可以料想未来不管中考怎么考，她们一定也是"顶尖"奇迹的创造者，是"拔尖人才"称号的最终拥有者，是"光荣"的属于者，这样的"东风快递"才具有"核武器"的当量效应。

（五）"市国大赛"的"摘金夺冠"

2022年，润丰学子在全国戏剧大赛中取得了特等奖，在第六届全国青少年无人机大赛编程空中搜寻赛中获得北京市专项选拔赛一等奖，在教育部白名单AI课程项目大赛中取得全国一等奖数量翻两番的优异成绩。不管是AI项目还是戏剧课程，在短短不到两年的时间里，从开始的"不知其所以然"，到现在勇得教育部白名单的一等奖和教育戏剧的全国特等奖，这是"真金白银"的对抗，这是心理和实力的共生，这是全国高手云集的对阵。现在七年级的任屹同学，六年级时就进入了学校AI项目团队，七年级就荣获了全国教育部的一等奖。彰显了学校培养和自主管理集合的最佳状态，不愧为优秀拔尖，或者说因为学校这几年的引领，所以才有了如任屹同学这样敢于亮剑、敢于竞争、敢于挑战自我的同学的涌现，他们敢于高标赋能，满怀雄心壮志，拥有不达目标誓不休的意志。

我刚到学校的时候，正是学校新十年的伊始，当时我就鲜明地提出"拔尖创新人才"的培养问题，这也是当初上任仅20天左右就与大家分享的"十大追问与能量构筑"的其中一条，到如今，虽然还没满三周年，但已然取得了丰硕的成果，表现在今年七、八、九年级，包括物理、数学、语文等较难的学科，都不断地呈现出满分零的突破和满分、高分数量的倍增。中学部三个年级齐头并进，十分喜人，从这个意义上讲，"拔尖创新"的初步成果，必将让在座的各位同学和未来的中学部更加五育并举，全面发展，异彩纷呈。

星期二，学校举行了本学期首次行督课，就是按照学科，大学部每次安排一位中学老师，一位小学老师，上同一个主题，实践研究"拔尖创新人才在课堂如何培养落地"，直白来说就是为不同基础的同学提供不同的学习"菜单"，设计不同的作业，形成个性化成长的、全方位的"路线图"和"营养单"。

在这里，我还要报告大家一个消息，这个星期天是九年级英语机考，这两天学校正在给所有九年级的同学进行最新的人工智能心理的调适训练，这个训练将成为学校六九衔接年级的直升项目实验，同时学校还准备进行尝试，选择有意向、愿意进行项目实验的老师、家长和孩子们共同参与。

三、我们如何践约"使命必达"——未来美好不是梦

最后我要说的就是"使命必达"。学校"3+X+Y"小初衔接课程为什么这样设置？具体设置是什么？如何开展？刚才孙副校长已经做了简短精准的介绍，我不再赘述。这里我仅提示三点：

（一）首选科技，AI赋能

为什么选AI等项目进入学校"3+X+Y"小初衔接课程呢？2019年5月16日，习近平总书记给世界人工智能与教育大会发贺信，提出"培养具有创新精神和合作能力的高端人工智能人才，是教育的重要使命"，这是总书记第一次就AI和教育使命作的新指示，影响巨大，我们要认真学习、及时推进。我在进行区域研究时也较早关注，并以"AI+教育：悄然而至的教育革命"为主题在2017年中关村互联网教育创新中心第三届"科技创新周"作专题分享，引起积极反响，前瞻了AI+教育的发展方向，这就是我到润丰之后，毅然决然地首选教育部"白名单"人工智能的项目作为新十年第一个战略项目研究院的动因之一。

（二）小初"三力"，高端贯通

同学们，家长们，"罗马不是一天建成的"，如果没有十年、五年，或者至少三年的实践"历练"，是难有"一鸣惊人"的成果的，而现在学校已经有了三年

的成熟宝贵的经验，你们是过程的参与者，也必将成为相关的成就者，如果不想未来"毕业即失业"，中小学的学业规划、职业规划"播种"就很重要了。

关于"3+X+Y"的国学课程。刚才田泽楠家长坐在我的旁边，向我询问如何弥补文科的短板，我直言有"两招"最为关键。第一，就是广泛阅读，刚才朱艾桐、张佳伊等几名优秀学生代表在介绍经验的时候也提到了这一点。第二，就是写日记，现在的新中高考语文实际上都是"大语文"，正所谓"得语文者得中考，得阅读者亦得语文"，因此学校把读书节改成了"阅读写作节"。今年4月份，学校全新的"阅读写作节"就将开始，国学加上现在的语文才能成为"大语文"，只有具备"大语文"的功力，才能在新中高考中"傲视群雄"。

关于"3+X+Y"的双语课程。这个星期就是高考英语机考，高考英语机考是50分，中考是40分，都是听力口语方面。去年中考，全区有将近百分之五十的学生获得了英语口语机考满分。学校3月份启动的首届"英语口语节"，就是以新中高考的英语口语满分为导向的，"3+X+Y"的这3门，就是学校"五五"课程的延续，这里的"3"着重在形成课程的小初衔接。

X课程为什么选这几位老师？把中学内容以主题式、探究式、项目式学习等引入六年级的衔接阶段，就是由于"问学课堂"理念的推进，由于新课程、新方案、新作业的设计，要求大家必须进行提前设立，不仅仅是初中，还包括高中其他学科的内容。这就是"问学课堂"的最后两个环节，回到生活当中创意设计产生新的问题，最后形成新的项目，把课堂学习由"课时观"改成"学时观"，这是课堂变革的完整套路。学校每周二的行督课，我跟书记必听课评课，校长第一把手要做课堂教学的第一领导者，这样才能带动所有的干部，所有的教师都进入最内核的研究，都参与进来。

Y课程是学校的最新创生。润丰学校引来了很多的资源进入。在上周的行政例会上，干部们还进行了全方位的关于学习力、心理力和逻辑力等"三力"方面的最新研究成果推广应用的三家比对，目前我们还在选择当中。"三力"都是高阶思维，具有高阶思维能力的人，才能真正成为"使命必达"的"东风快递"系列的拥有者，确保民族复兴大业的实现和祖国的和平安全。"3+X+Y"的Y课程，主要聚焦"三力"，当然也包括其他内容，比如规划力，这都是孩子们在人生第一次选择面对的问题，我们要将这些形成课程。课程不是一次活动，不是一次主题报告，它有丰富的内涵，是高级别的。如果大家选择项目实验，我们就携手共进。

（三）拔尖直升，创新衔接

经过多年酝酿，学校在不断的试点实验上形成了体系化建构。这也就是今天的学生表彰总结会跟别的会议不一样的地方，此时此刻我用真心向大家汇报，也用真情与大家相约。我们的未来，我们的"使命必达"是美梦！我们的"使命必达"，必将"美梦成真"！

"攻坚克难：夺取'质量强校'的新胜利"这是2022—2023年学校的工作主题，"智慧拼搏：务求'拔尖创新'的新成果"是2023年学校新一年新学期的工作主题。去年9月1日的开学典礼，我向同学们发出号召，夺取新胜利，就是包括六年级在内的要取得优异的成绩。今天的表彰会我看到了这个新胜利的顶级和整体的高峰，出现了"天花板"现象，表现在第一名三人并列，第二名两位并列，这种现象在中学部相关年段也是"惊人相似"，这就是拔尖创新者的比学赶帮超的竞合好天地。

正如刚才李羽桧同学所说，为什么高手之间彼此无我？这就是大格局。这就是润丰给他们的一种教育。这就是新10年学校和谐本质的"竞合"的先进思想、正确价值观的引领。因此，今天首开的润丰学校2023年六年级小初衔接课程启动仪式暨总结表彰会是一种新的变革创新建构，期待大家回家认真思考，务实研究，反复咨询，不断沟通，甚至直达我和书记来商榷。

我们的承诺是："让光荣属于你们！"我们共建共享，光荣也一定属于我们！

敢于争锋：城头变换大王旗

——在2022学年度第二学期七年级2月总结表彰会上的讲话
（2023年2月）

春天如约而来，今年的春天跟过往是很不一样的，此时此刻开学的第一次限时作业，到今天达成了一个圆满的结束。在此我代表学校领导向获得各类奖项的七年级同学表示热烈的祝贺，并期待暂时没有得奖，或者说从获奖圈暂时跑出来的同学，下一次再回归。

什么是"敢于争锋"？我今天又看到了七年级的一名新科状元——七年级（4）班的刘仲尧同学，我曾经在12月31日见过他与任屹同学一起联合组织了七年级（3）班（4）班，跨班级的主题联欢会，对他当时的精彩表现记忆犹新，那次活动充分体现了他的自主管理能力，他今天作为代表进行发言的内容主旨定位也是直奔高"锋"，我想这个"锋"所代表的含义，既是攀越高峰，也是锋芒毕露吧！不惧艰险，勇攀高峰；磨刀霍霍，才可锋指满分！杨斯媛同学这次屈居第二，但你与刘仲尧同学只相差1.5分，在这里我也要祝贺你，我更相信你在接下来的3月的新知识学习中必定会表现得更好！相信再一次的限时作业中，你们两个人还会有一番较量，期待你们更棒的表现！什么是"城头变换大王旗"？没有人能够保证自己一直都是第一，但是只要有敢于争锋的勇气，有坚持不懈的努力，有认真踏实的勤奋，必然能够成为那个在城头招展的旗帜！之前在寒假的会议上、在开学典礼上，我都对杨斯媛同学进行了表扬，这是一种荣誉，也是一种压力，虽然这次她没有拿到第一，但是依然表现得很出色。另外，当时我还给七年级（4）班的班主任李春玲老师约了目标，要求班级内必须出现年级总冠军，这次李老师实现了目标，所以这一次我要专门给李老师颁发一个"校长践约奖"。今天在这里，我想对大家讲三句话。

一、我们的寒假"刷"对题

我一直都是很反对"刷题"这种行为的，但是这一次我为什么还用了这个词呢？我想以刘仲尧同学的经历为例子来解释。在寒假的总结会上，我就与大家相约了开学一周后，要进行限时作业。当然今天我也一样要与大家相约3月第4周的限时作业。为什么要提前相约，就是为了让大家学会提前规划，规划时间、规划学习等。这次冠亚军之间只相差了1.5分，一个必定要下决心保持第一，一个必定不甘心这小小的差距，两个人都会更加积极努力，这就是我前面说的"敢于争锋"了。再回来谈，"刷"对题，我这里所说的"刷"，不是盲目地大批量"死"做题，而是指像刘仲尧同学那样，认真积累自己平时的错题，记录在错题本上，然后再对错题本的题型进行总结，为自己制订出精准化的题型训练计划，也就是所谓的"精准制导"，最后进行适当数量的练习。"错题本"对于任何一个学生来说都是个秘籍，关键在于你会不会使用，刘仲尧同学就使用得很好，而且还利用它强化了自己的满分意识。这次限时作业寒假的内容占了七八成，开学刚学的新知只占二三成，在这样的情况下，如果同学们能够用好"错题本"，精准制导，"刷"对题，必然能够获得好成绩。

刚才在刘仲尧同学的代表发言中，他还有一个重要的经验就是提前预习，把不懂的问题带着上课堂。我要求大家要有预习本，正是希望大家能够达成这种效果，所谓"预则立，不预则废"。如果我们能够提前带着不懂的问题进入课堂，就可以精准地去听取老师的讲课内容，能够精准地去询问老师、询问同学，这就是"精准制导"，能够确保你在课堂上一分钟也不浪费，达成"刷"的最高效率和最好效益正确解读。

二、我们的开春"满"分题

满分以及如何做到满分，对于你们这届七年级尤为重要。依旧以刘仲尧同学的情况为例，他的竞争对手是连续两次获得冠军的杨斯媛同学，与这样的竞争对手"过招"，获胜是很不容易的，这样的高手对决，决胜点是什么？就是满分！不管是刘仲尧同学的冠军还是杨斯媛同学的亚军都有满分作为支撑，满分决定了你是不是能够保持领先，是不是在某些学科还有需要强化的部分。大家一定要对自己有哪几个学科能够满分，哪几个学科必须满分有准确的认知，除了数学、语文等比较难的学科，其他学科都要有夺取满分的自信，并以此为目标，积极提升能力，千万不要觉得满分特别难，对学科满分有恐惧感，要坚信"一切皆有可能"。特别是体育，体育对于每一个同学来说都是要达成最终的满分的。未来你们到了八年级还将遇到其他学科，那么对于真正的高手来说，满分的范围又将要扩大。在这里我要向此次限时作业获得满分的所有同学表示祝贺，我更期待3月份有更多满分的同学出现。

三、我们的月底"尖"多多

我希望之后测试的时候，七年级满分的人数能覆盖所有学科，希望每个学科的老师都要认真研究试卷的命制，同时也希望同学们积小胜为大胜，抓住时间，把锻炼、活动、学习统筹好，认真利用"四本"循环往复。未来的考试都是大家现实生活情境的再现，绝不再是书上原文的照搬。所以再次回归到我刚才和大家分析的"刷"题，不是刷死题，而是"刷"现实情境中的实践题，因为现在考试的题是开放的、实践的、跨学科的，是体现各方面全面发展的，考点变了，方向变了，我们要研究这样的课程，才能成为"城头变换大王旗"的"王中之王"。

上学期无论成败都已过去，这次线下的3月限时检测才是我期待并相信大家一定能够出现"真金白银"的"顶尖"多多！相约下一次的"颁奖典礼"上的旗阵猎猎！

寒假不假：期初首周"化验单"的3月迎测与一模备战

——在2022学年度第二学期九年级2月总结表彰会上的讲话
（2023年2月）

有印象的同学都记得，在寒假之初，九年级举行了期末考试的总结表彰会，相约在开学一周后就举行以寒假作业占70%~80%的首次限时作业。当时我和大家相约限时作业定在20日之后，现在果然如约准时进行了，这就是为了告诉同学们"预则立，不预则废"，时间目标确定，考核内容确定，表彰机制确定。在这样的背景下，大家的寒假质量如何一目了然。这也就是我为什么要说"寒假不假"，把首周这个限时作业看成一个"化验单"。

我提出每天要体育锻炼一小时，刚才年级组长付老师说这次满分居多的是体育学科，这就很好地做到了我所说的，说明大家假期那么长时间，有认真地恢复体育锻炼，而且是坚持锻炼了下来。当然，我还看到年级有两名道法学科满分的同学，虽然现在数量还不多，但是"星星之火，可以燎原"，也说明大家在寒假期间，在所有学科或者说考试学科上都赋予了不小的心力，而且在作业的基础上自己都不同程度地进行了加强。刚才付老师也说，此次限时作业主要以上学期末各个县区的相关经典题目为主，这个精选一定是有难度的，但是能有两个满分，说明大家以这两名同学为代表，是关注国家大事的，关注道德知识点的，关注时事政治知识点和国家法治内在关联的阐述的，这个观念很重要！在道法这样的学科上达到满分，我向他们表示祝贺！

"寒假不假"还有一个什么意思呢？这到底真不真呢？不假就是真吗？不见得。所以我下面从两个方面给大家分享。

一、3月好不好？顶尖"分水岭"

（一）第一个顶尖"分水岭"："全"的问题

我刚才跟刘曦校长助理进行了沟通，在3月一模之前，九年级还会有一次限时作业。这次限时作业的时间大体安排在23—25日之间，正好距离我们这一次是一个月的时间。那么我要和大家相约3月。3月要相约什么？3月的限时作业关键要看你"顶尖"如何。这里面有两点，一是3月将是大家在初中阶段学习新知识的收官阶段，你的新知收官收得全不全？这是非常重要的。一般学科在3月，新知都已讲完，剩下的就是复习补漏阶段，为什么我刚才说到"全不全"？这个时候是不能有漏洞的，一门考试学科也不能薄弱，千万不要在3月就落下。二是学科的重难点不可缺，也要"全"。因为时间等不起，这个月的学习，请大家务必高度聚精会神，用初中以来最饱满的、最昂扬的精神状态，把每一天的课、每一堂的课都学好，确保不再"返工"，确保一次过。3月的限时作业将与这一次完全不同，在这个阶段，无论是谁，也无论是有思想上或是身体上的什么问题，都要攻坚克难，都要阳光乐观，都要智慧拼搏，实现3月份最后收官知识全面没有漏洞的完美结果。为什么这么高要求？因为时间等不起！

（二）第二个顶尖"分水岭"："精"的问题

复习专题转得"快不快""精不精"？这是什么意思？"尖子"同学或者是想"提档升级"的同学，一定是对自己有要求的人。在这个阶段，一定是要边学新知识，边进行三年的或者说精准地来说是九年知识，也就是包括小学知识的专题复习。希望大家要精心设计每天早上、中午和课后晚自修的时间，利用这些时间积少成多、聚沙成塔，积极投入到"分秒必争"的专题大复习之中去。在这个阶段，一定要做到"小步快走"，绝对不能"停步"，一定要积极利用所有的时间，合理规划，多多进行自学，多多与老师沟通，提出问题。刚才付老师说，现在九年级主动提问题的同学越来越多，这真的太好了！如果你能够带着有疑惑、有争论的问题去问老师，你就是在向最"顶尖"学生前进的路上。我一直跟大家讲人工智能时代有三大特点，第一个叫精准性，第二个叫个性化，第三个叫差异化。这三点就是要靠大家灵活有效利用零星时间来达成的，比如早上第一节课之前的时间、来往回家路上的时间等。希望想成为"顶尖"学生的大家在这个阶段，认真精准设计自己每天的作息时间，要精准到5分钟、10分钟的小时间段上，每天比别人多设计出5分钟的时间，这必将是你查缺补漏阶段的复习妙招，不做到这一点，就很难达成"顶尖"，一旦做到了，必然可以达成新知补漏，旧识补足！

二、4月尖不尖？满分"属于我"

4月26—28日这三天是"一模"，请大家注意，"一模"的成绩数据是特别重要的，大家都只能经历一次，不可再来。现在大家就要开始准备两个月之后的"一模"测考，把满分、高分作为自己的必达目标。我希望刚才前十名以及"尖兵"都要把满分、高分作为自己的必须目标！到那个时候，我就要问大家，你们作为"顶尖"，打算在8个学科中保几个满分呢？所有的同学都要把"满分意识"这样的高标意识刻在心里，把缩小距离的分值提前拟定好，即使是基础最薄弱的同学也一定要把冲刺及格以上作为保底，对自己的每一个学科，哪怕是最差的学科保持信心。别看大家现在只是初中生，我们要提前做好自己的人生规划、职业规划。2021年10月12日，中共中央办公厅、国务院办公厅印发了《关于推动现代职业教育高质量发展的意见》，提出加快建立"职教高考"制度。除了众所周知的"普通高等学校招生全国统一考试"之外，还会增加一个新高考，即"职业教育高等学校全国统一考试"！这就是"第二个高考"！升学通道又多了一条！这在过去都是没有的。未来对现有大学基本上是要一分为二的：一种是研究型的，注重基础理论研究；一种是应用型的，注重综合实践。未来在职业教育上要做第二高考，要有本科、研究生、博士，同时在就业、职称、晋升等社会各个层面，全面建立与普通学校的相同待遇地位。请注意，谁能在这方面针对自己的个性化和兴趣特点，提前做好打算，抢占先机、好位，必是高人！这就是我反复强调的"人人都是拔尖者，个个都是创新人"，大家都可以是不同领域的人才，因为人的多元智能理论告诉你，世界上没有两个相同的树叶，你怎么能去比较不同的树叶哪一片最美呢？大家一定要敢于打破世俗认知，解放思想，量身定做。

在今天的总结表彰会上，我要向大家发出的号召，首周的第一张"化验单"实际上是检出了同学们假期的学习质量，理论层面上讲，现实层面上讲，都还有很大的努力空间，我相信大家在属于每个人春暖花开的阳气上升、浊气下降的春日，你的冉冉生长，你的指向高端，你的坚定意志，你的争分夺秒，你的青春期在这个中考年段的能量爆发，必将助力你们的绚烂绽放，将是无比神圣，也极为宝贵的！

精益求精："小中考"的满分与拼搏

——在2022学年度第二学期八年级期中总结表彰会上的讲话（2023年5月）

今天是八年级本学期期中检测的总结表彰会，也是八年级参与东坝地区相关学校质量调研活动的表彰会，自七年级入校以来，八年级一直走在不断提升自我、超越自我的路上，这次也获得了很好的成绩，特别是八年级表现出来的战斗精神、高标意识以及对成功的追求，都非常棒！有三句话与大家分享。

一、只要"高标"的"日积月累"，就一定能够收获"天上"掉下来的"馅饼"

老话说："天上不会掉馅饼。"但是如果你能够"日积月累"仰望星空的"高标定位"，就有可能实现"掉馅饼"的奇迹。八年级的特点就是拔尖集群"火车头"带得好。在年级前列的同学，用"满分""高分"作为自己的目标，这是十分难得的，而且历次检测，他们都会你追我赶，彼此竞合，这一点特别宝贵。这次黄一同学和刘思成同学分别获得了年级包含体育与不包含体育的总冠军，我对这两名同学有深刻的印象，他们都获得过年级第一。从某种意义上讲，这次的总冠军可以称为"王者归来"，最怕的"昙花一现"，最怕的"流星闪过"。希望大家每一次考试的成功，都成为下一次巨人的肩膀；希望大家每一次的失误，都成为下一次再勃发的自我鞭策。

在"日积月累"的"高标"之后，不管是面对学校命题、集团命题、区里命题，乃至未来全市命题；不管题目难易如何变化，题型如何创新，你们都绝不可能说"馅饼"一夜掉下来。你们都会始终锁定目标，坚定不移，并且高标达成，这都是因为你们入校七年级的开头的"开门红"，都是因为你们一直以来的"日积月累"！并且一直保持了下来，打得好，打得漂亮！因为你们原来只有一两个满分，现在逐渐有了4个、5个、6个！因为你们原来只能接近区位10%、8%，现在能够冲进区位1%，甚至现在有同学达到了区位百分之零点几!

这一次八年级在学区集团质量调研当中占据第一方阵的人数也不少，见证了同学们在校本检测和区分检测当中一以贯之的"日积月累"，如果说大家忽略了每一天的作业，忽略了每一次的实践，忽略了每一科的坚守，都不可能获得成功，所以我们要时时刻刻，门门科科都坚守下去。

二、只要"行动"的"艰苦付出"，就一定能够收获"人生"的"第一桶金"

你们人生的"第一桶金"会在八年级下学期，5月17日到来，因为那一天你们将迎来属于自己的"小中考"的"一模"，是归属九年级最终总分的地理和生物两门学科的中考。这两门功课是选修科目的第一关!这样的选修科目，无论你之前的基础如何，只要你肯从现在艰苦奋斗，都能为你获得满分、高分提供更大的可能。相比数学、物理等学科满分的艰难，这两门选修功课，只要你肯真用心，下大功夫，放多精力，满分、高分的概率就一定能够提升不少，包括九年级上学期的英语口语机考，那可是很大概率能拿到满分的，这样的数据早已经清晰可见。生物和地理这两门学科作为"小中考"的两门学科，必然是和"满分""高分"和"拼搏""奋斗"这些词写在一块儿的，建立联系的。今天是5月6日，到5月17日的"一模"，乃至6月中旬的全市统一考试，已然时间不多。同学们，现在已经进入了"肉搏战"，进入了"冲刺期"，进入了奋力拼杀赢得"第一桶金"的最后时刻，太关键了!这"第一桶金"很重要，"第一桶金"拿下了，后边才能有更多赢得胜利的强大的信心"黄金"和雄厚的周转"资金"!才会有真切的成功体验，累积宝贵经验!"第一桶金"拿下了，后面才能有更多赢得"顶尖"胜利的"资本"!

我在此呼吁大家，一定要像刚才在这次英语、道法等学科获得满分的同学们学习，因为这次区域联考的命题相对是难的，相对的题量是多的。在这种情况下，它的真实性、可靠性、可比对性都是相当强的。在这样的环境下，仍然有满分的出现，这说明了什么道理?说明只要你坚定信心，只要你艰苦付出，只要你勇敢拼搏，就是能够获得成功的，就是能够创造自己的奇迹的。什么叫拼搏?在我看来就是把自己的能量发挥到极致，不顾一切地去搏杀，这才叫拼搏。

我先送大家满分的"高标"，后送大家"拼搏"一词，因为已经在"拼刺刀"的关键时刻，在这个时间一分一秒都不能耽误，因为一瞬间可能就决定了你的胜败，顶住了，坚持住了，就抓住"第一桶金"了！请大家务必重视取得"第一桶金"，否则就会一败涂地，一败再败，找不到成功的体验，那是十分可怕的！我完全相信你们绝不是那样的人，一定是战无不胜的坚强"战士"！

三、只要"变革"的"转型升级"，就一定能够收获"限测"的"第三次荣光"

此次表彰会结束之后，将进入八年级本学期的第三次"限时作业"测试，具体的时间可以拟在5月底的28日、29日这几天，这是第三次提升自我的检测时间，请同学们带着"转型"的思想，带着"升级"的行动，来进行本学期的第三次限时作业，因为这次学校很可能会比照本次的难易度和容量来进行命题，特点是题目容量大，难度或者创新度高，所以大家要加快节奏，平时在进行限时训练时，一定要有时间意识，一定要有"限时"概念。老师们在这一阶段进行教学和复习的时候，包括未来命题的时候，要把本次考试作为"转型升级"的方向来调整，或者说把本次试卷命题的方向和原则体现出来的新变化，化解到下一阶段的复习时间和新的学习当中去。第三次限时作业依旧是不提倡停课复习，而且还夹着"小中考"的5月17日的"一模"，希望同学们和老师们能够处理好"小中考"和第三次"限测"学习复习的关系，当然这又是一个"转型升级"的新的"变革"，需要大家快速适应，改变思想。

唯有如此，大家才能够在"日积月累"中，在"艰苦付出"后，在"转型升级"下，实现"精益求精"的"高标"要求，也必将以"拼搏"的姿态，赢得即将到来的"小中考"的满分，获得第三次限时作业的新的胜利。我期待那样的时刻再为同学们去颁奖。

爱学习 敢创新 敢奋斗：你们是润丰新时代的好儿童

——在2022学年度第二学期三年级第一次期末总结表彰会上的讲话
（2023年6月）

今天是我到润丰学校三年来又一个特别开心的一天，学校最小年段的学生也进行了总结表彰会，特别是关于学习方面的，是从现在的三年级开始的，所以我向你们表示热烈的祝贺！今天我要讲一个话题，就是"爱学习 敢创新 敢奋斗：你们是润丰新时代的好儿童"。我想跟大家说三句话。

一、你们是"有志气"的学习小主人

这次进行的是第一次的限时作业，也是一个阶段学业检测。这是同学们小学一年级以来第一次，学校为你们3年里特设的一个学期过程中的学业奖项，而且专门召开年级总结表彰会。

刚才4名同学，三（4）班的史昭晗、三（1）班的姜琳、三（2）班的唐小果、三（3）班的周庆元做了简短而又管用的学习好方法经验介绍。他们就是你们当中"有志气"的学习小主人的典型代表，因为他们有三条值得学习。

第一条是喜爱学习。从他们的发言当中能发现，你们这批同学爱学习。学习是一件快乐的事。从小学开始，你就成为一名真正的学生了，学生，学生，学习书本知识，学习生活技能，学习实践能力，学习一切，学习是第一的。通过4名代表同学可以看出，这3年来，同学们爱学习，这一点很重要，"爱学习"是你们来到这个世界的第一个本领，也是老天给你的一个大本领。所以同学们，爱学习的儿童就是好儿童。

第二条是学有妙招。新时代的好儿童还要会学习，刚才4名同学讲到，课堂上认真听讲，积极提问题。有的同学刚才介绍到每天课后的作业，小检测，每天都练习，而且限时间练习。还有的同学说他有"错题本"，专门把经常犯的错误、经常做错的题目，汇成一个小本子，集中整理，及时整改。这些都是会学习的关锟能力。

第三条是不懂就问。一些同学还会把自己不懂的问题大胆地说出来，向老师提、向同学们提，这样的同学就是善学习，这是"自知之明"的聪明人，更有不少同学在课堂上乐于回答别的同学不懂的问题，这就是学习的小主人的典型表现。同时，学习的小主人还表现在不仅爱学习、会学习，而且学得好。在这次老师们的质量分析会当中，就听到老师提到了很多同学，成绩都特别好，刚才有几位数学满分、英语满分的同学，一分都没有丢掉，像史昭晗同学还获得了全年级的第一名总冠军金奖，这都是有志气、学得好的小主人的风采表现。

二、你们是"敢创新"的竞合小主人

这次表彰总结会，大家可以看到设置了好几个奖项，其中一个叫"十佳学习标兵奖"。这10名同学在年级的学习成绩好到什么程度？好到年级的上游顶尖层次，这就是学习标兵。我们还评了"十佳学习尖兵奖"，"学习尖兵"就是又比标兵好一点的10名同学，这些学习尖兵的特点一定是"敢创新"的。现在学校强调发现和培养"拔尖创新人才"，就是希望同学们，敢于竞争，同时善于合作。年级还设了个人3个学科的金奖、银奖、铜奖，还设立了每个学科的满分奖。这次是第二次年级限时作业，有同学有了进步变化，所以还特设了一个新的奖，叫"十佳学习追兵奖"。你现在这次成绩差一点没关系，下一次只要你是全年级进步名次提升最多的10名同学之一，就会获得"十佳学习追兵奖"。

三、你们是"敢奋斗"的全优小主人

这次我看到很多同学得了一个满分、两个满分，这都是全优的表现。我希望下次有更多的同学得到单科的满分，特别是语文满分，这是比较不容易得的。语文要做满分，要有突破，数学满分要增多，英语满分也要增多。

我期待并相信下一次有更多同学在三个学科中出现一个满分、两个满分、三个满分。这样的同学，也是我们国家现在特别倡导的"拔尖创新人才"，也是习近平总书记特别在今年六一儿童节之前跟同学们说的，要有做"敢创新、敢奋斗"好儿童的精气神，我为你们未来得到全优的小主人们提前加油！也期待同学们在第二次特别是期末的这次全区检测中能够进入全区的前"一三五八"，冲刺在顶尖。

今天你们的总结表彰会开得很成功！同学们在祝贺获奖同学时的掌声特别热烈！见证了大家"懂感恩，懂友善"新时代润丰好儿童的真诚大气！

满分必争：我是最棒的

——在2022学年度第二学期三年级第二次期末总结表彰会上的讲话
（2023年6月）

很高兴第二次为三年级的同学们颁奖并讲话。"满分必争"这个词是我准备今天下午给进行中考的九年级学生的，写的赠言词叫作"强校有我，满分必争"。满分必争，相信自己是最棒的。这次限时作业的题量有点大，难度也有点大，但是仍然有9名同学分别获得了数学和英语的满分，我特别高兴。同时今天还有一个让我高兴的地方，就是看到了付予呈同学是一个新的年级金奖获得者。我要向这9名同学和付予呈同学表示热烈的祝贺。今天我要简短说四句话。

一、你们是早行人

为什么"我是最棒的"呢？刚才第一个介绍学习经验的郑楷同学说上课认真听讲，认真听讲的第一个动作，就是你的小眼睛要炯炯有神，看着老师说话，没有人交头接耳，没有人看向别处。看着老师，大家的两只小手可以放在膝盖上，如果有点累了，也可以放在两面椅子的扶手上，都很好。

满分必争，你们相信自己是最棒的。马上端午节回来，大家就要和全区的小朋友一起做一张卷子了，这张卷子可能比我们现在的两次卷子难一些，也可能容易一些，可能是做过的，也可能是没做过的，但是今天我跟大家讲的叫满分必争，用今年送给九年级的同学的话，来送给三年级的同学，提前了6年，这就是我说的第一句话：如果要想成为最棒的，你们要是早行人。有的会背古诗词的同学，会背诗文的同学，会记得这么一句话，是毛泽东主席说过的，叫"东方欲晓，莫道君行早"。早行人就抓了一个"早"上，你们今天就做了一个早6年的事，九年级的大哥哥大姐姐们，今天下午才有这个"满分必争"的誓词，准备冲上端午节期间的中考考场，我提前6年就送了大家这句话，这是一个"早"字，你的目标早。

第二个"早"就"早"在学校老师为同学们设的这个总结表彰会，也是跟你们跟现在小学六年级比早了3年，因为他们3年前没有这个奖项，到初中才有。所以你们跟现在的九年级比早了6年，跟现在的六年级比早了3年，这是学校给你们这些小朋友做了一个"早"字呀。

第三个"早"就是我特别统计了一下这次获奖、上一次获奖以及两次都获奖的同学名单，我要告诉大家的是，第一次获奖是早了，第二次获奖也是早了，两次都获奖更是早了，你们都是早行人！

二、你们是追兵人

要想成为最棒的，那你就要成为"追兵人"。什么叫"追兵人"呢？就是这一次考试当中比上一次进步大的同学，只有和上一次比进步提升最多的10名同学，才能拿到这个"追兵奖"，这也是我更看好的奖项。刚才第一个发言的郑楷同学，他说第一次限时作业之后，他发现自己存在的问题，于是他准备第二次的时候，把英语的阅读、听力又加强了；上一次计算上出了点小问题，所以他就特别强调圈点画批，这就找到了"追兵"的技巧，不甘落后。这里我更要表扬付予呈同学。上一次拿到金奖是史昭晗同学，但这次付予呈同学不畏上一次的史昭晗同学，能够冲出来，而且三科都比较好，所以就拿到了金奖。同学们，这就叫不进则退，慢进也是退。回过头来，同学们获得追兵奖，荣当追兵人，能够后来居上，这就是很棒的！所以同学们要想成为期末的那个最棒的满分得者，你必须敢追，不要怕这次成绩差，这次成绩差没关系，找到原因去改就很好了。

三、你们是满分人

这是优秀到什么程度、追赶到什么程度的问题，如果你想当最棒的，就要争做"满分人"，这个满分就是期末考的语文、数学、英语这3个学科争取都得满分，得过1个的同学争取得2个，得过2个的争取3个。为什么我相信大家能拿到满分呢？我可以告诉大家，因为经过这个阶段的复习，经过同学们给你的帮助，经过你自己的努力，经过爸爸妈妈帮你的辅导，很多的小毛病都被克服了，很多的不懂的都解决了，所以到最后这次考试也是最重要的考试，大家能够得到满分是很有可能的。还有这张卷子估计难度不是很大，说不定有很多都是同学们见过的，越是见过的题目越要认真，即使没见过的，也是我们学过的知识和方法可以解决的，要相信自己。

四、你们是获奖人

如果你要是最棒的，就要争取下一次期末总结会上当"获奖人"。这个"获奖人"就是今天像刚刚我表扬的新的第一次上台领奖的同学，我希望下一次要表彰是哪几个人？是三次连贯奖的三连冠，要第一个重点表扬。第二个要重点表扬的是下一次谁能够第一次上来领奖，原来没得过，这次来了，一个新面孔来争当这个"获奖人"！我相信你们都能成为这样的获奖同学，你们一定是最棒的！希望大家都来争取这个领奖台！

同舟共济，破浪而行

一种机遇：最美竞合在问学

——2021级一年级新生家长"开学第一课"培训会上的讲话
（2021 年 9 月）

面向新十年和新学年，学校将秉承"和谐教育"思想和"一切为了孩子、一切为了明天"的办学思想，明确"培养有竞争力的现代中国人"的育人目标，激发"为中华富强而读书"的教育赋能，务实履行"把润丰办成让家长放心地把孩子和孩子的未来托付给我们的学校"庄严承诺，不断追寻"让学校成长为孩子一生中到过的最好地方"的教育理想。结合"全方位、多角度、多层次、多规格"的人才观，为孩子创设全面育人环境。同时学校不仅有先进的教育理念作支撑，还有强大的硬件设施做后盾。学校四个楼层，共12个展厅的校园博物馆，以及剧场、游泳馆、食堂、阶梯教室、录播室等场馆，呈现出了最现代化的办学条件。新学期，为了大力提升课程核心竞争力，学校又开设了多个重点项目研究院，并提出了新十年的战略项目的选择：要注重培养学生的高阶思维，培养拔尖创新人才，为培养科技型人才打下坚实的基础。

结合现在新中考、新高考形式，希望家长们要提前关注了解最新政策，实现变革，参与到学校的改革中来，以"自主·问学"的好习惯，成就孩子的好性格！好命运！好人生！好未来！并诚挚预祝各位新一年级的家长未来更美好，好梦成真！

今天，此时此刻，我们在新学校速览中领略了伟岸阳光的"和谐园"！我们在新规划眺览中渴望了彼岸美丽的"风景线"！我们在新基建阅览中读懂了此岸精准的"施工图"！我们在新"双减"胜览中问学了上岸制胜的"先手棋"！

优势互补　资源共享　相互促进　共同提高

——在2021年度"百名杰出家长 百节课后讲堂"系列第一场活动上的致辞

（2021 年 11 月）

　　首先欢迎杰出家长，中国男子足球队前队员郎征的到来。随着社会事业的快速发展，家校共建已经越来越受到重视，以提高学生综合素质为目的家校共建教育，成为整个教育事业整体发展的重要方面，特别是"双减"政策出台之后，更要求同学们要全面发展，因此学校设置了"五五"课程体系。第一个"五"是学校倡导的五大课程：AI课程、国学课程、双语课程、美健课程和戏剧课程，都在各个年级启动了，要通过课后服务把这些精彩的课程打造成学校的特色课程。第二个"五"是德智体美劳"五育"融合全覆盖的课程。今天这个活动是"双百"呼应"五五"课程体系，即百名杰出家长、百节课后课程。家长朋友走进课堂，在学校和家庭中开展共建和谐教育的活动，有利于促进学校双减工作的深入落实，全面推进课程改革进程。通过和谐的家校共建，学校和家庭实现"优势互补，资源共享，相互促进，共同提高"，更为同学们拓宽视野，特别是专业领域的知识、兴趣、爱好。请家长给同学们讲故事、讲道理、讲课程，为同学们种下一颗颗兴趣的种子。

　　希望有更多像郎征这样的杰出家长参与到学校"百名杰出家长，百节课后课程"的活动中来。相信同学们今天一定会在郎老师的家长讲堂中有所收获，有所感悟。

"双减"时代：质量强校的"高标冲尖"

——在家长线上"双减"专题报告会上的专题汇报
（2022 年 5 月）

润丰学校办校已经 10 年了，第一个 10 年在教育家老校长卓立的领导之下取得了卓越的成绩，特别是在学校的办学理念、学校文化、环境建设、办学成效等方面，呈现出"高大上"的气象。现在学校进入了第二个 10 年，进入了学校"十四五"乃至 2035 年规划"三步四段"十五年发展路线图的第二个阶段，也就是说"打造质量强校"，将成为"十四五"阶段学校发展的核心目标。"双减"的到来带给所有人，特别是学校教育新的思考，当然也同时带来了新的探索机遇。今天我主要从以下三个方面来跟大家进行分享交流。

一、"双减"的理念——我们有哪些新想法

第一个内容我主要以"343"来表达。

1. 第一个"3"主要是指办学思想、教育理想、育人使命。

大家都知道润丰学校在创建之初就确立了"和谐教育"的先进思想。我作为第二任校长，在学校进入第二个 10 年之时到来。新的 10 年，学校将继续秉承和谐教育的办学思想，同时在这个理念的谱系上，将"让学校成长为学生一生当中到过的最好的地方"作为学校的教育理想，随后又进一步明晰了育人使命——培养有竞争力的现代中国人，第一是人，第二是中国人，第三是现代中国人，第四是有竞争力的现代中国人。为此学校对于"和谐教育"又有了新的本质属性的追问，提出和谐的本质是"竞合"，这是关于理念谱系的继承和发扬。

2. "4"就是基于"双减"的"四化"策略——"双减"方向自主化、课后服务课程化、校本实施机遇化、教育生态创生化。

首先是"双减"方向自主化。面临"双减"，一夜之间的巨大变化，在大家都身处迷茫之时，学校率先提出自主化——自主化将是"双减"时代的一个方

向，也就是说党中央做出"双减"的重大战略决策，实际上是层层承担自主的责任，也就是把属于学校、属于老师、属于家长和家庭的责任自我承担起来，更重要的是孩子要把自己学习的这种使命作为自主的人生发展的一个方向，也就是说不能把希望寄托在别人身上。接着是课后服务课程化。"双减"之后，小学15:30—17:30，中学17:30—18:30，还有到20:00，这样一个时间段都在校园里面来度过，因此课后服务的课程化就成为一个指导思想，同时课后服务的课程也要纳入学校的整体课程体系当中。然后是校本实施机遇化。确立了质量强校的发展战略，确立了高标就是高的标准，冲尖就是冲击拔尖创新的人才，满足家长对优质教育和让学生考上最理想学校的需求。在这样一种背景之下，把它作为一个战略的机遇。因为客观上学生在学校的时间增多了，如何来利用和规划设计，就是一篇大文章。最后就是教育生态创新化。"双减"之后，教育是重构创生的，对于学校的管理强调教育生态的创新，要创新，就要体现学校自身的智慧和担当。

3. 第二个"3"也就是学校确立的"三个小主人"定位。

所谓"三个小主人"，即争做学习的小主人，争做创新的小主人，争做管理的小主人。在去年的开学典礼上，我给全校同学的开学第一课上就鲜明地提出了这个主张，为同学们带来了认识和行动上的先行。

二、"双减"的建构——我们有哪些新举措

第二个内容我主要以"555"来表达。

1. 第一个"5"就是"五育"。

根据党中央习近平总书记关于"立德树人"的重要论述，立足全面发展，促进五育并举。学校确立了"双减"的课程设置，体现"德智体美劳"全覆盖，也就是说学生除了在校的学习时间，课后服务时间的所有课程设计，都与现在的"德智体美劳"的各大学科相匹配，而且学校的课后服务课程设计是从周一到周五甚至双休日节假日的全覆盖，为学生成长的方方面面全方位助力。

2. 第二个"5"，是学校在第一个10年的课程基础之上，新10年开启并强化的五大特色课程构建。

五大特色课程分别是：AI课程、国学课程、双语课程、美健课程、戏剧

课程。

AI课程也就是人工智能的课程——在全国和全北京都是领先的；国学课程——不仅是未来中国人的第一特征，同时也是学校对新中考、新高考、大语文的一个倒逼；双语课程——双语音乐、双语科学、双语数学等都纳入了学校新十年发展的课程进度当中，这在北京市乃至全国也是不多的，学校正在进行第一阶段的宝贵探索；美健课程——美育和健康健身的融合课程，学校的课后服务体系特别彰显"生命至上，健康第一"的理念，带领学生从小学会享受体育、享受美；戏剧课程——戏剧课程是特别受孩子喜欢的一门课程。学校从去年元旦已经启动了"9+9"的戏剧展演，让学生们体验戏剧的魅力，今年还将在五一和六一的学校艺术展演当中带领学生进一步地体验展示，也希望全体家长在新的课程建构当中，能够实现对德智体美劳和各大学科的综合融通。

3. 第三个"5"，是学校在具体探索当中，突出五个新。

新机制。刚才提到教育生态是要重构的，学校的治理结构也要发生变化，我刚到学校的时候，就面向润丰新十年和十五年做了一个发展的规划，其中就提出来建立"一体双翼两部双擎"的现代治理结构，也就是在学校原来的基础之上，成立了现有的五大行政中心为主体，架构了九年一贯的八大学部，成立了"9+n"的项目研究院，建立了教师队伍建设的"双擎"机制，即"两高"——高学历和高学术的高端人才引进的"引擎"机制，建立了面向学校现有教师的"369"行动计划的"舵擎"机制，打造新十年更高质量的教师队伍强化党总支部和督导部，坚定党建引领，夯实督导督查，完善治理结构，形成学校"A型飞体"现代治理体系，确保学校在"双减"时代能够更好实现质量强校的各项举措的落地落实，实现了精彩开局。

新教研。去年10月份，学校召开了校级教学工作专题工作会，出台了三个文件，第一个是关于进一步优化校本教研机制，第二个是创新改革作业机制，第三个是绩效激励考核机制。目标定向机制，加强了学校校本教研制度，特别是重构了"4+4"的集体备课制度，把学校最小的研究单位细胞进一步激活。不仅如此，我们对于学校的一些传统特色项目也进行了进一步的优化创新，比如行督课，学校现在开始的每周集体行督课，就是八大学部围绕学校的目标定位，进行了"四八"流程的一个精进，应该说这个是基于问学课堂的变革，效果相当明显。基于新课堂的变革，也就是在"双减"时代如何激发学生的自主学习能力，培养学生的自主创新能力，培养未来适应新中高考这样背景下的这种课堂新时代，这是需要做研究的。比如"和谐杯"，学校将它充实为了"8+1"的教师基本功专业提升的体系竞赛。再比如说奖励激励这方面，这两年学校每年都会在科研年会上举行隆重的颁奖典礼，在这一天将学校"和谐杯"、行督课以及各项活动当中的优秀获奖者全部请上来，不仅进行隆重颁奖，更进行"双减双优"的经验分享，这样的激励性教育机制，焕发了全体教师"我是管理的主人""人人都是管理者，人人都是被管理者"的意识，在教学研究上大家更加彰显高效率、高效益。

新课堂。"双减"时代，要强化学生的自主学习能力，学校倡导"问学课堂"，细化自主结构，创生竞合生态。学校探索了"3+1=1"的自主课堂，也是问学课堂，它是一种个体"独立学习"之后的组内"合作学习"，然后指向组际之间"竞争学习"，最后达成目标的"创新学习"，才算是达成真正的"自主学习"，也就是落实学生要做"学习的小主人"这样一个课堂结构模块的定位，得到了孩子们的积极响应。问学课堂的一个特点，就是把问题权还给孩子们，把探索权还给孩子们，把设计权还给孩子们，让老师真正成为课堂学习的教练员、助攻者，成为孩子们的大朋友，这样才能最大地焕发学生学习的积极性和他们的天性潜能。

新作业。作业是"双减"的一个重中之重，为此学校应用了"123"机制。一是让学生喜欢作业，也就是说让作业赋能，这也是作为学校2022年的一个课题来申报属于区级以上的重点课题和创新课题来研究的，这个也希望家长能够理解和支持。二是主要侧重于两个制度，即作业的公示制度和班主任的统筹制度，在中小学部都分别进行了设计。三是从三个维度进行鉴定，分别为作业的内容、作业的方式、作业的时长。

通过近一年的努力，效果越来越好。这项工作也是学校本学期继续坚持的重中之重，学校会特别强化限时作业，提高效率。

新成效。"双减"以来，润丰学校的学生在全国、市区的各项比赛竞赛当中，都获得了很好的成绩。润丰学校成了全国人工智能的中央电教馆的基地实验学校和中国战略学会的人工智能的常务理事单位，这两个荣誉都是唯一的。润丰学校还成了全国篮球、足球基地实验校，北京市冰雪学校，北京市文明校园，北京市外事窗口学校等。同时在区级及以上的各项评奖中斩获众多，2021年，获得了朝阳区小学部和中学部的双优秀的质量考核奖。学校中学部获得跨越性提升，提前实现了三年的目标。在今年寒假之前的全局统筹当中，中学部有很多优质的孩子进入了全区前10%、5%、3%的位置，取得了历史性突破，也就验证了润丰学校在拔尖创新型的人才，特别是这样的培养上是有力度的，是有效果的。假以时日，必会取得更优异的成果。小学部秉承多年的优秀成果，特别在"双减"时代，小学部的课后服务丰富多彩，围绕"五五"课程，将15:30—16:30，16:30—17:30的课程设置进一步落实。未来小学部将按照100%的17:30这样一种目标来努力，就是大家喜欢什么样的课程，孩子们需要什么样的服务，在此期间就进一步进行什么样的设计优化。在2021年，我们荣获教育部人工智能大赛的全国一等奖，艺术、体育、美术等赛事方面也有300人次以上获奖。同时在2021年，学校老师在"京教杯""朝阳杯"的基本功大赛当中纷纷斩获一等奖，在2021年的区级以上骨干教师的评审当中，学校有42人荣获这一荣誉，再创历史新高。可见在学生和教师的双重培养上，润丰学校也取得了卓越的成果。

三、"双减"的家长——角色有哪些新变化

第三个内容我主要以"5+4"来表达。

"双减"时代，我很想跟家长沟通一下新时代家长的角色定位："五师"和"四者"。

1. "五师"主要体现在规划师、陪伴师、设计师、监督师、激励师。

第一，要做孩子的人生规划师。

以前开家长会，我就多次提到，想要成功教育孩子，教育孩子成功，都要做好规划，也就是说要站在更高远的角度、更久远的时间线上来审视现在的教育，

做好提前的设计。如果您的孩子现在是10岁，增加10年，到2032年的时候，国家社会发展到什么程度？那个时候的社会生态是什么样的状态？那时候的中国在世界是什么样的位置？思考过后，再回到今天来研究如何为孩子做规划。"双减"时代，时刻都在倒逼每一个人进行自我自主调整变革，家长要做孩子的规划师。不论年级高低，我每一次面对孩子们的时候，一定会跟他们谈做目标，目标就是一种规划。比如说马上中考了，孩子要知道自己的保底高中、理想高中和梦想高中分别是哪一个，小学的孩子也是一样的，有自身理想的初中、高中、大学之后，进行成长倒逼，规划的路线图才会长远，才能更好地实现。一般学校做五年的发展规划图，我们学校进行了十五年的发展规划图设计——规划内涵新校，打造质量强校，构建品牌名校，创生理想学校这样的四个阶段学校的战略发展路线。学校如此，孩子更是如此。

第二，要做孩子的心灵陪伴师。

家庭教育更要强调"立德树人"，"双减"时代，孩子们非常需要陪伴师，特别是心灵的陪伴师，克服焦虑，避免内卷，从心灵陪伴开启。

第三，要做孩子的成长设计师。

这个设计师要参与到孩子的每一个学习活动当中。我刚才特别强调问学，课堂问学，问学课堂，是把问题权还给孩子的，这是在强化孩子的自主学习意识和能力，那么在家庭当中，也需要家长做孩子的设计师，成就孩子家庭学习的新方法、新策略、新设计。

第四，要做孩子的习惯监督师。

"双减"时代，教育重构，家长身上的责任更加重大，要肩负自己应尽的责任，作为孩子的第一任老师，对他们的意志品质、行为习惯，一定要强化主导权、监督权，不能忽略素养导向、习惯养成这件大事。

第五，要做孩子的兴趣激励师。

要多鼓励多表扬，细心发现孩子的兴趣爱好是什么，天性潜能是什么。每一个家长都应该成为发现鉴赏者和激励大师，每一个孩子都是一片不相同的树叶，在自己的价值意义上发光发热，家长要对自己的孩子有充分的自信。要知道未来的时代是呼唤各种人才的，要坚信"人人都是拔尖者，个个都是创新人"，唯有如此，我们的成才观才是正确的。

2."四者"主要是指陪伴者、护航者、同盟者、孙行者。

第一个叫作陪伴者。

"双减"之后，要学会陪伴孩子，不是代替他、替他做主，而是陪伴。比如他在看书的时候，你在旁边也在看书，跟他的共读，这就是一种陪伴。

第二个叫作护航者。

要特别保护孩子的安全，保护孩子的健康，保护孩子的德行正确，不要走邪路，不要走歪路，更不要触犯法律和规则的底线，这叫护航者。

第三个叫作同盟者。

同盟者就是在很多的观点认知上、学习感受上，要建立一个统一战线，在孩子成长的过程当中，永远跟他站在一起，但是这种站在一起是指在精神上鼓励，在行动上支持，而不是无理由地偏袒，要有大爱，不溺爱。

第四个叫作孙行者。

孙悟空最大的特点是什么？为什么孙悟空受到国内外大众的喜欢？我觉得它有两个特点，一个叫作"敢"，西游记的主题曲《敢问路在何方》，点题"敢"字。当前，"双减"时代一定要有这样一个气魄。二就是"胜"，孙行者最后被封"斗战胜佛"，今年我给九年级百日誓师的讲话题目就是《高标冲尖：在争分夺秒中争强好胜》。想要让孩子在竞合时代获得高效率、高质量的成果，要引导他们具有"敢"的气魄，具有"胜"的意志！

"双减"时代，期待大家团结一致共向前，全体的家长和学生都将会是这场战役的主力军，是强大的力量源泉，会成为高标冲尖、质量强校第二个发展阶段战役的建设者、见证者、必胜者！

一种胜利：五育融合勇拔尖

——2022级新一年级家长会暨"校长开学第一课"
（2022年9月）

今天是2022级的一年级新生的第一次家长学校培训会。作为校长，我把今天的第一次见面会当成是一次美好的相遇，我想更重要的是一种分享和交流，我也愿意以一个研究者的心态跟大家分享学校的办学思想、愿景规划和自己的学术思考，所以我把它定位为一年级新生家长版的"校长开学第一课"。

我想把"一种胜利：五育融合勇拔尖"作为今年2022级新生家长的"校长开学第一课"的主题。回想一下，我这三年给一年级新生的家长分享，都是用同一种语式来表达，前年叫作"一种幸福"，去年叫作"一种机遇"，今年叫作"一种胜利"，而且我用"五育融合，勇于拔尖"来定位，同时加上问号。那么在座的各位家长，请您想一下，如果让您问，您想问什么？

人生哲学有三问："我是谁？我去哪？我怎么去？"习近平总书记在2018年9月10日教师节之际召开的新时代第一次全国教育大会上，向全党全国向全社会和我们全体教育工作者也提出三问，教育到底要"培养什么人？""怎么培养人？""为谁培养人？"，随后提出了"为党育人、为国育才"的观点。这不是口号，是真正要进入大家心里，成为社会共识，成为国家意志的。我刚才讲"五育融合勇拔尖"，首先拔一个"德尖"，这样你才能够有胜利者的姿态。所以，"为党育人"是教育的大问题。

习近平总书记提出"为国育才"，这个才是什么才？拔尖创新人才。改革开放40年，有它的伟大贡献，当初为了引进技术、引进外资，也取舍了很多创新技术的研发。当一个国家失去了具有原创精神的科学科技、企业发展和学校教学时，就会失去一代人，这可能造成国家民族的发展危机，因为缺乏核心竞争力。所以习近平总书记现在强调租不如买，买不如造，就是鼓励培养"卡脖子"的拔尖创新人才的!

之于家庭来说,有一颗中国心很重要。在新中国需要的时候,以钱学森为代表的留学专家回来了,这就是中国人不变的家国情怀,永远改不掉的种族血液。家国情怀是不是就代表要保守、不开放呢?不是的!很多孩子家长问我出不出国。我说必须出国,出国开眼界,出国学习先进科学技术。把出国当成手段,不当为目的。这样就解决了"建设者"要合格创新,"接班人"要真心可靠的需求。这就是要理解什么是"双减",为什么搞"双减"。因为再不减的话,这两件事一个也达不成。所以,如何为国家民族选择未来的建设者和接班人?必须志同道合,才能成就2049年建国100年第二个百年奋斗目标的实现!

润丰学校老校长卓立办学主张和谐思想,需要秉承弘扬。和谐的本质是什么呀?我到新润丰来之后,我就追问大家。原来和谐的本质是竞合,这个合作的合是为竞争服务的,而竞争是什么目的?是比优不比烂。这是润丰新十年的精神,也是对和谐思想的传承与发扬,而它的标志落实在"问学"上。当学生进入校园之后,你就能在他们的学哥学姐们,或者家长群中发现,他会提到或者倡导张校长的"问学"思想。此问是孩子自问,此学是孩子自学。

"双减"推进到第二年,今年又是新课标实施元年,吸取正反两方面经验,深刻感受到"五育并举"应该走融合之路,这也是今年新颁布的义务教育课程方案和课程标准的共识。响应党的教育方针的最新要求,将"建设者"培养成拔尖创新人才,已经成为学校以及朝阳区在质量强校、质量强区建设中的同一选择。

我认为学校与你们这一批一年级新生相遇和选择,是以"胜利"为导向的。学校过去胜利过,也曾迷茫过,新十年的规划到如今是第三年了。两年来的实践,我们的"四梁八柱",在原有基础之上进一步地优化理清,形成了具有美好愿景的新润丰新十年的新未来,而通过两年来学校不断取得的一个个小战役的胜利,证明了理念方向、规划设计、具体策略是正确的,是有效的,是速成的,是走向胜利的。

9月1日开学典礼跟同学们讲话的主题,在昨天的领导班子会上讨论就已经通过,我跟全校学生开学典礼的讲话题目就是《我们走向新胜利》,给老师的

"校长开学第一课"的讲话题目是《攻坚克难：夺取质量强校新胜利》。一句话：把"胜利"骄傲地写在2022—2023学年度的语境高频词里。这是工作主题的关键词，代表强大的自信，代表坚强的意志，代表必胜的信心！新一年，"胜利"理念支持下的种子一定会生根发芽、开花结果，必将迎来万木繁华的硕果累累！

在座的家长中，我相信也有搞教育的人。再次追问一下：到底"求知"是目的，还是"问学"是目的？"求知"和"问学"二者，谁是手段？谁是目的？很多人当然认为，我到学校来是要学知识的，但是面向未来，人工智能时代、元宇宙时代、智业革命时代，都将在你们这一代孩子在未来的20年、30年和他人生的鼎力之处时，带来那种无以抵挡的飞速发展变化。若你们要成为那个时候真正坚强的胜利者，而将"问学"作为一个目的存在，这是否合理？这就是我今天要从四个方面详略跟大家报告的。

一、游览新学校：伟岸"和谐园"

览，一览众山小，览一览过去的润丰、当下的润丰和未来的润丰。

这里有两点需要关注。第一，尽管大家都有所知晓润丰学校的办学条件、育人理念和文化环境，但今天能像这样的知过去，看现在，往未来，并且做到完整性、系统化的机会，恐难得能有第二次。第二，在这过程当中，学校想什么？做什么？未来的方向是什么？我们也将给大家做描绘。我是把润丰新十年看成是一个伟大的工程，是要做一个园子，那是我们要去的地方，是很美的地方，要成为一条"风景线"，就要把"施工图"设计好，就要把"先手棋"下好，特别对这一届恰逢元年、二年这个宝贵的时机，如何来定位自己，如何从张校长的分享当中，真正地形成一个在原有基础之上的理念体系和准确定位？这可能是别的学校的校长在开学课程中也不会谈这么多、谈这么深，或者谈这么全的一点特色吧。

我想用"伟岸"来表达"和谐园"。首先，我给老校长过去创校十年定位叫"高大上"，理念和谐"高大上"，超前定位。其次，润枫水尚这个地方也是名牌，也是朝青板块的核心地区。所以这个整个社区——包括小区，周边环境，隔壁的润青湖，都是传统基建的"高大上"。就在前两天，教委有关部门的同志还到学校来，还在继续给我们加强建设，其中包括要投资资金200万元左右给学校楼顶做绿化，优化智能水循环系统，也就是在校园环境上，还有更大的政府和相关部口的投入加持。贵阳分校，发展也很好，这就是伟大的卓校长的历史贡献，值得大家尊重和敬爱。作为第二任校长，我一定秉承"和谐教育"的思想，把学校教育推向新胜利。

老校长让润丰学校在创校之初就成为区域的示范学校，初中的示范学校。2020年9月，润丰学校成为中央电教馆人工智能首批实验学校，北京地区排第一个，当然这里面还有海淀的中关村三小、西城的奋斗小学等名校。2021年，学校又荣幸地成为中国教育发展战略协会人工智能和机器人教育专业委员会的常务理事单位，也是唯一一所基础教育中小学的代表，别的都是高校、高职院校和研究部门。所以润丰学校无论是过去还是现在都很光荣，加入润丰的团队很值得骄傲，未来亦如此。学校的办学思想是两个"一切"，即"一切为了孩子，一切为了明天"，坚持不变。"三全三爱三服务"的思想，特别是和谐教育的思想，赢得了很多家长的心。我在新十年办学对于和谐教育的新的本质追问，同样也赢得了干部、师生、家长和社会的认可。老校长写在孩子们离开学校的时候看到的办学愿景墙上的"放心托付"的关键词，一直是一代又一代润丰人的心头沉甸甸的责任和担当。这件事还在路上，但是一定会全流程地让大家放心，让大家的选择不后悔，让大家的选择变成一种机遇，让大家的坚持成为共同成长的力量。

校徽，就是润丰两个字。别的学校都是圆的，而润丰是长方形的。校徽上那三个孩子是谁呢？学校、家庭、社会；爸爸、妈妈、孩子。也是德智体美劳，因为三就代表无限嘛。所以整个就是美丽的画面，阳光、云朵、绿地、河流。

学校的环境、氛围、布局也是杠杠的。最重要的是和谐石，和谐理念。当时的教育方针有德智体美四个方面，老校长拓展到七个方面，比"五育"还多两个。一进校，大门口的文明、学习、体育、艺术、劳动、科技、助人七星少年章，就是学校的"奥斯卡"。

12个功能展厅，这是老校长的伟大贡献。每层3个厅，一共是12个厅，民族厅、爱国主义教育厅、办学理念厅、工艺厅、音乐舞蹈厅、科技厅、书法艺术厅、国际厅、校史厅。

学校有大量的专业场馆教室，游泳馆、篮球馆、乒乓球馆、舞蹈厅、音乐厅、天光美术教室、书法教室、茶艺教室、厨艺教室、陶艺教室、金工木工科技教室、各类学科专业教室，现在又更新了AI空间、英语口语教室等，全面又漂亮。

校训墙"勤勉，文雅，活泼，奋进"，这是勤勉园、文雅园、活泼园、奋进园，又来到七彩阳光大幕墙了。"为中华之富强而读书"，这是老校长说的。然后我说，"做学习的小主人，做创新的小主人，做管理的小主人"，落实老校长的"为中华之富强而读书"。如何真的富强起来？就是要做小主人。

老校长的三七课程体系。基础诵读、拓展课程、校本课程、国际课程、书画社团、厨艺课、木工课、京剧课、舞蹈课，阳光乐团、博物馆研学、国际跳棋、冰雪实验学校、国家级的篮球和足球基地学校。

每个月都有自己的主题，12个月，月月五育融合，全面发展。太极扇、篮球操、足球比赛、中外交流、交流回访、境外参观……

你们孩子的新学校——润丰校园，真是伟岸的"和谐园"。

二、眺览新规划：彼岸"风景线"

花了两年时间，学校做了2.4万字的《"十四五"规划和2035的远景发展目标》。在今年放假前夕的教代会上全票通过。我上任伊始就在谈规划，当别人还没说"十四五"的时候，学校已经规划了新十年，当别人做"十四五"的时候，学校已经厘清了"十五年发展路线图"。

过去的十年，学校取得了一些成绩：构建了和谐党建工作模式、九年一贯制管理机制、一体化德育体系、七彩阳光课程体系、和谐课堂教学模式、和谐教育育人模式，成为首都文明校园、全国的足球基地校和篮球实验校。但是学校也面临着新的挑战：教育质量要更高，治理水平要更高，高端人才要更多，运营机制要更好。所以习近平总书记的思想、新发展理念，特别是五育并举，就成为学校重要的指导思想。

在理念谱系上，老校长制定的办学思想、办学特色、办学愿景、培养目标，包括"一切为了孩子，一切为了明天"，"三全三爱三服务"，再加上我来了之后提出来的育人使命"培养有竞争力的现代中国人"，确立了"让学校成长为孩子们一生中到过的最好的地方"的教育理想和"让学校成为师生的精神港湾"的教育境界，形成了办学的理念谱系。既做好传承，更做好创新。这样的教育赋能、办学愿景，以及理想育人目标，是为了"让学校能够成为孩子、老师、家长的精神港湾，成为安全的地方，成为文明强大的地方，成为心灵的故乡"。和谐教育，竞合成长，前半句是老校长的办学理念，后半句是基于此提出来的新的导向。因此，和谐教育不仅要有味道，更要有育人体系上的家庭、学校和社会的共荣。和谐本身就是互动生成，不仅仅是互相鼓励，更重要的是互相建议，互相规划，互相引领，矢志高端出口，高标抵达。

在此也特别地给大家介绍学校"三大步四阶段十五年发展路线图"。三大步，就是五年一大步。学校做的是已经规划到2035，也就是"十四五"、"十五五"和"十六五"。四个阶段：2020—2021年"规划内涵新校"。这个整整花了一年的时间来规划，就是学校从外在景观与育人理念的亮丽前瞻变成内涵同步发展优质新征程的二次创业。2022—2025年"打造质量强校"，用三年左右的时间，打造真正的全方位的质量强校，也就是让润丰的九年一贯制输出的孩子们，进入全区的Number One这个方阵。第三个阶段是2026—2030年的"构建品牌名校"，这个时候的品牌才是真品牌，因为是质量上乘，内外兼修，让家长热衷和社会满意。第四个阶段是2031—2035年的"创生理想学校"，就是要再回到教育初心，不带有任何功利色彩。无论是新校、强校和名校，都回归到"学校"本体，进入"无我"的状态，按照教育的内生规律来做。

因此，在这"路线图"当中，分别有这样一种设置，它们都有目标的体系。学校的治理体系像个"战斗机"模型，党总支导航，督导部在督政，在空中如何安全，要有"战斗机"的模样，所以将它幻化成A型"飞"体治理结构图，体现出学校的"一体两翼两部双擎"。其中，学校增加了八大学部和十五个项目研究院，同时把两高人才和369培育计划作为学校教师队伍建设的强大的支撑，这样辅助学校中心主体的五大中心变革，再加上党组织的引领，和学校督导部的带有第三方的督导监测，就形成了一个具有战斗力的体系。

在具体的举措上，重视方向问题、干部问题、意识形态与从严治党；在队伍的建设上，做到历史担当、整体建构、全员管理、校本培训；在学校的文化建设上，每学期都有一系列节庆活动，这次更是有幸成为北京市朝阳区教育文化示范学校新一轮先行者的推荐学校。在学校的治理体系上，刚才已经讲述了各种目标。七彩阳光课程体系，特别是在德育上，立德树人也是学校的一大特色。

在"十四五"和未来十年、十五年发展当中，仍然要加强建构，特别是通过问学课堂的建构，让孩子们立足素养导向，实行校本研究，开展课堂的革命，实现孩子高阶思维和拔尖创新能力的培养，同时实现教育技术融合的新提升。在教育科研上，围绕369教师发展培养体系的进一步完善，实现教师人人都有目标。在体育艺术科学劳动等方面，也要打造自己的新的品牌。"十四五"及2035年的学校的各项远景目标是十分鼓舞人心的，制度措施也是得力的。

这个就叫"眺"，如此风景，一定很美！

三、阅览新基建：此岸"施工图"

2020年6月，到任润丰学校后，经过调研思考，学校做了十年新视域：共筑百年好梦想，同创十年新未来。当时就把人工智能作为学校的第一个战略选项。当时全市全区很少有学校做，甚至老师也不太了解AI究竟为何物，但短短两年成果非凡。我率先提出了润丰"教育新基建"，这标志着学校在战略选择上的一种科技赋能、信息赋能和AI赋能，因为高质量发展是期待这样一个"数字底座"的基础建设的创新举措的。整整提前两年，学校就开始"新基建"的探索建构，两年来，进展迅速，成效显著。今年上半年，《教育家》杂志社、国家教育行政学院多家部门组织及论坛，让我在全国全网分享"教育新基建"的思考实践。两年前学校提出的"新基建"，当然有它的特殊含义，新阶段的理念新谱系、基本功的教学高质量、建功业的优质必答题，并一一对应新基建的三大基础：信息基础设施的AI项目、融合基础设施的大学部九年贯通、创新基础设施的1222"A型飞体"治理机制。

新十年的第一学年的工作主题定为"以新规划引领高质量发展，以新变革夯实高水平治理"。第二学年的工作主题是"质量强校：让润丰学校教育新基建行稳致高"。其中，第二学年第一学期的工作主题是"强化队伍建设，完善治理体系；强化双减工作，打造质量强校"。今年是第三学年的开始，学校提出了学年工作主题"攻坚克难：夺取质量强校'新胜利'"！第一学期工作主题是"抓'双减'，迎综督，细化全面发展新实践；用'课标'，创示范，优化五育融合新品牌"。而关键词"新胜利"正体现了今年的工作大主题。

学校今年的重点创新项目也有许多。德育上："喜迎党的二十大，自立自强三主人，七星少年2.0"。智育上："问学课堂全员化，思维导图体系化，双语国学戏剧化"。体美上："体育节庆'1+1'，戏剧节'9+9'，美健课程'1+N'"。科劳上："AI规模科创节，三绿课程生态园，健康国防读本化"。科技AI规模要扩大，把教室、校园和社区，包括润青湖，都纳入学校三绿课程劳动生态园的建构，还有教师和孩子们新的教育科研成果不断诞生。师能上："个个双名369，人人行动考核化，年年成果顶尖化"。上学期通过的"双名工程方案"，让学校所有老师建立3年、6年、9年的成长目标规划图，同时把它纳入到目标考核，激励教师专业成长，把"年年成果顶尖化"落到实处，因为"人人都是拔尖者，个个都是创新人"是润丰人矢志不变的决心和目标。

四、胜览新减标：尚岸"先手棋"

最后，我就简略"胜览"一下新"双减"，学校的"先手棋"。"减标"是什么？减是指"双减"，减作业减培训。"标"是指新方案新课标。这次"1+16"的16个学科义务教育阶段方案，完善了目标，优化了课程，细化了实施。这次新课程方案增加了信息科技课程和劳动教育课程，两年前学校设置了校本AI课程，增加了创意劳动基地生态园，还把"戏剧"纳入做跨学科融合提前规划，又细化了"9+9"的课程目标体系。新课标明确了目标，优化了内容，特别是制定了学业课程评价标准，叫教学评一体化，增加了指导性，特别强调幼小衔接和小初衔接。未来我们的办学将跟幼儿园、初中乃至高中、大学，都要进行贯通的战略项目共建共享，比如说AI项目，学校将跟北京市一些顶级重点高中进行对接，甚至和大学形成了教育部"白名单"上的项目的优秀生源基地培养贯通对接。

这次新方案新课标更加彰显了国家意志，这就是我在开篇为什么谈"为党育人"那么重要。学校课程的一体化设计，五大课程建构，都是有来处的，创新性和实践性直指学校问学课堂的本质，因此，立德树人、素养导向、学科实践、学科融合，就成为这一次"1+16"新课标的关键词。在老校长的基础之上，结合润丰新十年和"双减"背景，学校形成了"37·55·11"的"绿色生态式"的课程文化，形成了比较完整的守正创新新课程体系。

2019年5月16日国家主席习近平在国际人工智能与教育大会的贺信中指出："找准突破口和主攻方向，培养大批具有创新能力和合作精神的人工智能高端人才，是教育的重要使命。"这是最高领导人第一次明确人工智能与教育的关系。因为人工智能实现了由先教后学到先学后教的技术可能和赋能可能。江苏特级教师邱学华教授的尝试教学法，马芯兰教学结构法，都是这方面的先行者、建构者，而人工智能的个性化、差异化和精准化与它是极为相配的。

新中考的理念发生变化了，习近平总书记的全国教育大会提出"心无旁骛求知问学"的新理念，就让更加坚定"好学生"标准要有新的评价导向，那就是"能提、敢提问题的学生是好学生，会提、善提问题的学生是最好的，学会自解自问的学生才是最可贵的"。

过去的两年，学校先规划、育先机、开新局。学校高扬满分率，晋档优秀级，及格百分百。今年学校更创造了中考优秀率的百分百历史新突破，实现了质量跨越提升，见证了润丰人战役不断。今年暑假，更是捷报频传，同学们在AI大赛和教育戏剧大赛中，取得国赛特等奖、一等奖的顶尖好成绩，实现了"十四五"开局之年的牛气冲天，虎虎生威！期待并相信在座的润丰新家长成员，你们一定真牛真虎！润丰也一定更牛更虎！

此时我的PPT的"一种胜利：五育融合勇拔尖"问号改为感叹号，就是我此次与大家分享的一个豪气、志气、虎气！也必将回报你们对我和润丰的伟大信赖和拔尖新问！

再回望，就让今天的有缘相聚成为一种"机遇"，让这种机遇成就各自的"幸福"，这种"幸福"一定之于一种"胜利"的期待和自信！我期待并相信我们将成为更好的朋友！因为志同道合，因为你们选择了润丰，润丰就一定要还您一个卓越的美少年！

拔尖创新:新时代"一体化"共育的同舟共济

——在2023年北京市润丰学校首届家校社共育委员会成立会上的讲话
（2023 年 3 月）

首先我代表北京市润丰学校领导班子以及润丰学校首届家校社共育委员会筹备工作领导小组和工作小组，向各位当选委员表示热烈的祝贺和崇高的敬意！并对"首届家校社委员会"的委员能够愉快地担当各自的分工角色并将开展陆续各项志愿服务工作表示衷心的感谢和诚挚的祝愿！

这一次成立的"首届家校社共育委员会"跟过往有何不同？在我刚才的表述当中，我加了"新时代"3个字，过去很多的是家校委员会或者家长委员会，如果说叫家长委员会，它是一个家长组织的小团体、小组织；还有些是家校委员会，这个委员会当中既有家长，也有学校的教师代表或者班级的教师代表，这个委员会的层级有班级的，有年级的，也有学部的，还有校级层面的，甚至未来还会有学校所在的社区层面，教委或区级乃至市级层面的等。教育部成立了很多的专业指导委员会，那其中可能也会有与家校社共育委员会类似的未来组织的筹建。

刚才主持人王雪梅书记说到在2023年1月13日发布的教育部等十三部门《关于健全学校家庭社会协同育人机制的意见》。在这个《意见》当中有一个目标，就是要构建一个家庭学校社会协同育人"新格局"，特别是党的二十大之后，面向纷繁复杂的国内外的环境，面临着中华民族伟大复兴的第二个百年奋斗目标的拼搏实现，面临着中国未来的孩子们所代表的中国主力军，要能够走进世界舞台的中央，这样一种背景之下，家庭、学校、社会三方共在一起成立一个委员会还不太多，至少在我的履职经历当中，这还是第一次，在润丰校史上也是首届，所以大家有一个特别的"第一次"！那这个组织到底是属于什么样的性质，跟过往有什么相同与不同呢？刚才刘曦秘书长做了这方面的《章程（试行稿）》相关起草的解释，供大家在此基础之上进一步研究。处在新时代背景下，这是创生的时机，所以，未来我们要形成家校社三方"一家人"。过去说一家三口是"一家人"，那么现在，学校、家庭、社会三方也是"一家人"！所以，在这个意义上讲，我们的荣誉，我们的荣耀，或者我们的责任，我们的使命就在这个"首届"上，因为这是从前没有的，所以"首届家校社共育委员会"成立的本身就是一个成功。如果以后，再来共建、共商、共治，最后达到共赢，那更将是非常了不起的。

具体而言，为什么我把"一体化、拔尖创新、共育、同舟共济"等作为发言题目的关键词呢？我想从三个方面给各位委员做一个分享，也请大家指教。

一、"拔尖创新"需要"高大上一体化"的精准共育

立足当下，面向未来，新时代的"高大上一体化"内涵就是要聚焦"拔尖创新人才"的培养，需要"一体化"的"精准定位"，才能合力共育。为什么说"高大上"？刚才会长张娜女士说到学校2010年建校之初，就是"高大上"的起点，就是超前引领的起点，是"高大上"的一个杰作，是区域政府及教育行政部门10多年前"三名合一"的一个资源引进。就像学校首任校长卓立，他是作为特级教师的"名师"，作为十大明星校长的"名校长"，作为他所在的"史家小学"的京城"名校"等三方面的同时引进。而朝阳区过去引进全国各地包括北京市内的人才资源的工程，是只要有这三个之一就可以引进的。朝阳区把润丰学校作为"三名合一"的九年一贯制的公办学校来引进，这是有战略气魄的决策和高站位的资源投入的。

同样，我本人的引进也是类似诸名合一的。今年寒假回来的开学之前，教工委书记董书记来校调研开学工作，就特别指出润丰学校办学对于区域是有特殊价值和意义的，建校之初就有"高起点"的定位和"高质量"的期待。10多年来，在物质环境、硬件设备都能够"高大上"起手，这是学校"一体化"的一个表现，叫"高端大气上档次"，同时更表现在学校办学理念的"和谐教育"思想，更体现在新时代以来习近平总书记特别强调的立德树人，特别强调的全面发展，特别强调的五育并举等方面，要解决的是为谁培养人，培养什么人，以及怎么样

培养人，同时还解决了谁在培养人等"一体化"问题。

很多人在问润丰学校是公立的还是私立的。特别我当了校长，更有不少人问询学校是公立还是民办的、国际的。这也间接说明公立学校是这样的"高大上"，是政府投入特别巨大，设计特别超前的，比如明显的标志就是学校的体育馆、游泳馆，还有地上四层、地下两层的车库、食堂、艺体场馆等各类场馆实验室的齐全配套，校园的七彩阳光幕墙以及分布在各层楼中的12个学校博物馆厅，包括和谐教育文化理念厅、爱国主义厅，德智体美劳各个方面，都形成了建校十年的"高大上"一体化，这样就为学校培养高质量的学生提供了物质条件和理念条件。

进入新十年，润丰学校在"十四五"和2035的远景目标规划设计当中，同样把"高大上一体化"作为重要原则和精准定位。就是要围绕新时代、新发展、新背景下的学校课程建设，课堂教学变革，围绕孩子们的全面发展，五育并举的高端引领和务实落地，尤其是作为九年一贯制的学校，如何深刻领会、贯彻落实党的二十大关于教育的新思想、新精神。这次二十大精神关于教育的论述，有两大特点，第一个是第一次在党的报告中，把"教育、科技和人才"放在一起"三合一"论述，过去都是单篇成章的，这说明什么？第二个是第一次在党的报告中提出"拔尖创新人才"培养问题。面对纷繁复杂、充满不确定的国内外新环境新变化，要聚焦新时代培养或者未来国家需要什么样的人才的问题。所以，习近平总书记在二十大报告中指出要"坚持为党育人、为国育才，全面提高人才自主培养质量，着力造就拔尖创新人才，聚天下英才而用之"，特别强调要通过自主培养，这就是一个鲜明的导向。这个"高大上一体化"就要指向"拔尖创新人才"的共建共育，这是一种热切的期待和召唤，要精准地把握这个最新目标"定位"，这就叫"精准共育"，这就是目标要"高标赋能"。

新学期学校与全体老师就教育质量目标考核，举行了目标责任书的签订仪式，全校老师都签了这个"责任单"，学校也为了更好地引导老师，给予了问题导向、前沿导向和目标导向，出台了重点聚焦、难点攻克的四个专题工作实施方案，其中就有一个是"拔尖创新人才培养"的实施方案。这个方案再配套绩效考核激励方案，就是要"精准引导，落实高标"。今天成立的"首届家校社共育委员会"，首先就通过学校向家庭和社会传递这样一种"精准共育"的"高大上一体化"的理念认知和目标定位，期待委员会方向明确，同频共振。

二、"双减三新"需要"教学评一体化"的专业共育

"教学评一体化"需要怎么理解和导向呢？基于"双减三新"这种背景下，需要"专业共育"。"双减"已经推进了两年多，"三新"也即将进入第二年，但是对大家来说，"双减三新"仍是一个重要、复杂、敏感的话题。这两件事，大家在社会上、媒体上，平时的公开场合、私下场合，都有很多的思考研究或者适应调整。利用这个机会也跟各位会长、副会长、秘书长、副秘书长、常务理事以及"首届家校社共育委员会"的成员简单说一说，为什么要做"双减"，"双减"最后的目标导向是什么，或者说应对"双减"的最重要的策略是什么，与"三新"有何关联。

2022年4月刚刚颁布义务教育课程的"新方案、新标准、新评价"，强调的是"素养导"，这是决定未来新中新考高考的专业标准，也就是"以标定考"。那需要家校社"共育"什么呢？就得要有"专业支撑"，有了"专业"的共育，就可以通过构建今天这样的"家校社共育委员会"等平台，让家长和社会人士，像学校干部、学科老师这些指导者一样，成为"专业共育"这方面的"行家里手"，而不是"门外汉"，或者不只是"听听风"，也不只是"碎片化"的捕风捉影甚至"误读误解，反向逆行"。"双减"就是要改变过去几十年来形成的"麻木不仁"被外部机构"绑架"的状态。学校、家庭、社会作为教育的主体地位"拱手阵地""自废武功"。如果这个局面再不改变，我们整个的民族复兴的"为党育人、为国育才"的立德树人根本任务就无法完成。所以，"双减""三新"来了，它就是要强化评价前置、目标前置的"教学评一体化"，这是素质教育最重要的，希望大家都"理直气壮"地落实"双减"，而不是"打游击、转地下"；更不能坦然地把本属于家校社各自应有的责任层层推给别人，把自己和孩子能量无限的"自主"的"主人"角色丢掉。

习近平总书记在二十大当中，尤其提出来的"拔尖创新人才"的培养，而且是全面的"自主培养"，或者要通过培养自主的意识，才能真正地成为拔尖创新

的人才，特别是具有原创精神、解决"卡脖子"问题的人才。最近各位家长或者关注科技研究的人，都知道火爆出圈的Chat GPT乃至GPT4的迅速的自我"进化"现象，值得追问和深思。我认为，第一是教育一体化贯通的问题，中小学包括学前教育、高等教育没有真正的上下贯通衔接；第二要把"创新精神"的培养作为全社会、全学校、全家庭首要目标，形成全覆盖的主题和生态化的体系。家校社共育委员会成立之后，我们还将在这方面进行研讨，进行培训，使大家实现在"教学评一体化"方面，提升"双减""三新"的专业理解和专业共育的能力。

三、"质量强校"需要"家校社一体化"的智慧共育

质量强校需要家校社的智慧共育，家长、社区都是学校的宝贵资源。今天成立的首届"家校社共育委员会"就是这样一个组织载体，就是实现"一体化"的一个机制建设，也是教育部下发文件说要构建高质量发展"新格局"后学校的一次大胆尝试。今天的成立只是拉开序幕，需要大家的率先探索，需要添砖加瓦。我们要三方合力，务求落地，要深耕其地，贡献智慧，也期待在这个领域当中，通过大家的智慧付出，通过大家的资源分享，通过大家的共同参与，通过大家的共商、共治、共建，最后获得共赢！

我相信润丰学校制定的"十四五"和2035远景目标的"三大步四个阶段十五年发展路线图"的每一个目标必将圆满实现。在第二阶段也就是到2025年实现润丰学校质量强校的目标，在全区九年一贯制以及相关的同类学校当中跃居一流领先位置，这将不是梦，因为新10年的开局很漂亮，因为这3年我们已经取得了长足的进步，胜利不断，喜报频频。有鉴于"家校社"面对各种教育内外的问题的共商共治，一定会成就属于润丰团队的一支智慧拼搏的虎狼之师，一场家长、学校、社会共创的强大洪流。

我相信，只要我们同舟共济，攻坚克难，智慧拼搏，担当奉献，一定会在新时代拔尖创新人才培养征程中取得光荣的胜利！正如我跟孩子们所说的，胜利已经属于我们，更大的光荣也一定会属于我们！首届家校社共育委员会一定会赢得奇迹创生的决胜之战！谢谢大家！